W0356190

L'affaire de l'île Barbe

SCAN ME

L'affaire de l'île Barbe

Stanislas Petrosky
Illustrations de Michel Montheillet

Les carnets secrets d'Alexandre Lacassagne
Surin d'Apache #1

Suivi de *Face au crime*, par le docteur Amos Frappa

AFITT
EDITIONS
La Mort est notre métier

TEXTE INTÉGRAL
ISBN : 9782379650048
© AFITT Éditions, 2022

Le Code de la propriété intellectuelle interdit les copies ou reproductions destinées à une utilisation collective. Toute représentation ou reproduction intégrale ou partielle faite par quelque procédé que ce soit, sans le consentement de l'auteur ou de ses ayants cause, est illicite et constitue une contrefaçon sanctionnée par les articles L.335-2 et suivants du Code de la propriété intellectuelle.

À Michel Guenanten.

« Le milieu social est le bouillon de culture de la criminalité ; le microbe c'est le criminel, un élément qui n'a d'importance que le jour où il trouve le bouillon qui le fait fermenter. Les sociétés ont les criminels qu'elles méritent. »

Alexandre Lacassagne

« À côtoyer la mort, tu te raccroches à la vie. »

Frédéric Dard

« Le chirurgien fait tout, mais ne sait rien ; le médecin sait tout, mais ne fait rien ; le psychiatre ne sait ni ne fait rien ; et le médecin légiste sait tout, mais il est trop tard. »

Wayne Miller

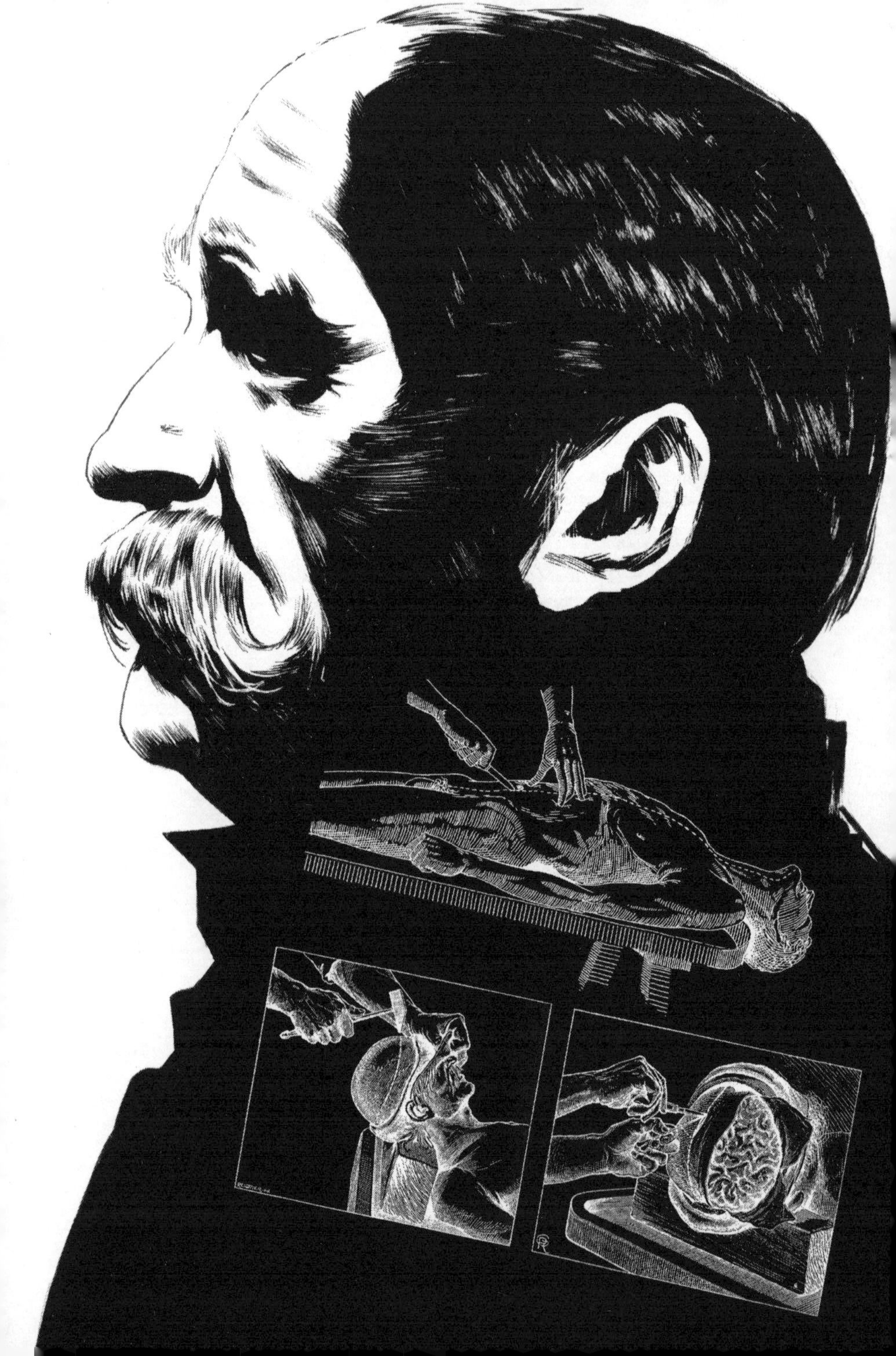

PRÉFACE

J'ai découvert la médecine légale aux tout premiers temps de mon internat, moi le Parisien, dans ce qu'en disait avec enthousiasme le professeur Louis Roche, éminent médecin légiste et successeur d'un certain... Alexandre Lacassagne. Cet Alexandre Lacassagne, je l'ai ensuite lu dans ses écrits les plus sérieux, comme le *Précis de médecine judiciaire* ou le *Vade-mecum du médecin-expert* pour parfaire mes connaissances et au fil du temps, dans les articles des *Archives d'anthropologie criminelle, de criminologie, psychologie normale et pathologique* dont il avait été cofondateur. J'ai été honoré qu'on me sollicite pour devenir corédacteur en chef du *Journal de Médecine Légale* qui avait été édité pendant presque cinquante ans par les... éditions Lacassagne !

Mais lorsque Stanislas Petrosky a sorti de sa morgue flottante des quais lyonnais un Alexandre Lacassagne vivant, humain, facétieux parfois, quelle rencontre ! Un homme sous l'habit du professeur, de l'expert, du médecin légiste. Mais pas seulement lui. Car autour d'une mystérieuse jeune femme découpée, aussi belle que muette sur son identité, sous la plume du romancier explorateur du *post mortem* qu'est l'auteur de ce récit policier (mais pas si policé !) tournent le docteur Coutagne, qui a encore beaucoup à apprendre de son patron, le père Delaigue, ce vieux « morguier » qui a tout vu et tout appris autour des tables d'autopsie et des cases où il entrepose « ses » morts.

Alors qui va découvrir la vérité si cachée de la morte de l'île Barbe, revenue aux vivants entre deux clapots de la capitale des Gaules ? Ange-Clément, le disciple, l'aide, l'ancien Apache ou les trois à la fois ? Ou bien la police de la ville aux trois collines et ses limiers, l'inspecteur Morin et le sous-inspecteur Jacob ?

D'indice en hypothèse, Stanislas Petrosky balade son lecteur au fil des découvertes et des propos de ce professeur Lacassagne qui donnent le tempo de cette truculente et macabre histoire. On voudrait aller au bout de telle ou telle déduction, qu'un nouvel élément déçoit souvent, tout comme dans les véritables enquêtes où s'échafaudent les raisonnements. Souvent démentis. Et dans ce dix-neuvième siècle, la médecine légale comme la police attendent tant de la science et n'ont encore parfois que le raisonnement ou l'expérience comme meilleurs outils.

Baladez-vous, chère lectrice, cher lecteur, sur les quais du Rhône, prenez de la hauteur sur les collines de Lyon, ou courez aussi voir ces morts qu'on expose aux passants qui voudraient les reconnaître, à la morgue flottante. Et prenez le temps lorsque vous ouvrez ce livre, car vous ne le lâcherez qu'une fois sa lecture achevée, tant l'ambiance et l'histoire vont vous captiver.

Tout comme moi, foi de médecin légiste !

Docteur Bernard Marc

Bernard Marc, médecin légiste, est actuellement chef de service et praticien hospitalier en médecine légale au Grand Hôpital de l'Est Francilien et responsable de l'Unité de médecine légale du Groupe hospitalier territorial Oise Nord-Est.

Il a publié depuis trente ans une centaine de communications en toxicologie clinique, médecine légale et médecine d'urgence, dont quarante-cinq référencées Medline. Il est coéditeur de l'*Encyclopedia of Forensic and Legal Medicine*, ouvrage de référence international en quatre volumes, publié par Elsevier en 2005, et pour sa nouvelle édition en 2015.

1

Il avait gelé dans la nuit du 10 au 11 janvier 1881. Le petit vent qui vous engourdissait la pointe des oreilles n'était pas ce qu'il y avait de plus agréable. Déjà, une longue file commençait à naître sur la rive. Le public s'impatientait devant la morgue flottante amarrée par de grosses chaînes sur le quai de l'Hôtel-Dieu, en face du grand Dôme de Soufflot.

Jamais je n'avais pu comprendre tous ces badauds qui venaient aux aurores faire la queue pour pouvoir voir du macchabée !

Ils profitaient, pour assouvir leur curiosité malsaine, du règlement qui disait que « le cadavre de toute personne inconnue apporté à la morgue restera exposé aux regards du public tant que son état de conservation le permettra ».

Ah, il était beau l'état de conservation… La plupart des résidents étaient décédés de noyade. Déjà quand ils prenaient possession des lieux, ils étaient souvent de couleur verte, avec un abdomen distendu par les gaz et empestaient des mètres à la ronde. Fallait croire qu'ils appréciaient de frissonner à la vue de ces horreurs.

Ils auraient vu des gars se faire refroidir dans la rue comme j'en avais vu, laissant leurs tripes sur le trottoir, il en serait autrement.

Avaient-ils besoin de se faire peur pour vivre, les bourgeois ? Ou simplement la vue de ces corps corrompus leur faisait comprendre qu'eux étaient encore vivants. En tous les cas, leur façon d'être me permettait de mieux comprendre pourquoi la Fédération révolutionnaire de l'Est comptait autant de membres ! Les gens étaient écœurés par les élites, celles qui les gouvernaient et se rangeaient du côté de l'anarchie. Les héritiers de Bakounine avaient encore de beaux jours à venir…

L'espèce de ponton qui reliait la platte[1] au quai brillait de verglas. Je descendais doucement, prenant bien garde à ne pas glisser, je n'avais nullement envie de me retrouver cul par-dessus tête devant tous ces voyeurs qui n'attendaient que ça. Cela aurait été justice à leurs yeux pour le resquilleur que j'étais à les doubler.

J'arrivais toujours le premier sur la morgue flottante. J'avais vécu si longtemps dehors, que le confort de la petite pièce sous les combles que j'habitais me semblait trop luxueux. Je ne pouvais garder le lit.

Et j'aimais plus que tout arriver avant « lui », connaître les «arrivages» de la nuit, je ne sais pas pourquoi,

1. Nom donné aux bateaux-lavoirs jadis installés à Lyon sur le Rhône et la Saône.

certainement qu'ainsi j'avais comme l'impression d'en savoir, pour très peu de temps, plus que lui. Puis, je pouvais ainsi passer du temps avec le père Delaigue, le gardien des lieux. Un personnage haut en couleur qui avait toujours des anecdotes à raconter autour d'un café. Il m'attendait chaque matin, derrière la grande porte à deux battants. Il caressait sa longue barbe blanche, coiffé de son large chapeau de feutre qu'il enlevait dès que nous étions rentrés.

Si j'ai beaucoup appris avec le professeur, Delaigue aussi m'a instruit, à sa façon. Puis nous parlions le même langage lui et moi.

— T'as pas l'air d'avoir chaud, Ange-Clément.

— Ben c'est qu'il caille dehors, père Delaigue…

— Tu crois que c'est la fournaise là-dedans ? Veux-tu un café pour réchauffer tes abattis ?

— Pour sûr !

Chaque jour, depuis que j'œuvrais en ce lieu, c'était le même rituel : le père Delaigue nous servait deux tasses fumantes que nous buvions dans sa loge. Ensuite, je l'aidais à préparer les corps pour les cours de médecine légale, pendant lesquels une centaine d'étudiants venaient assister aux dissections. Et enfin, nous observions les cadavres qui avaient échu en ce lieu pendant la nuit. Non pas par voyeurisme, juste pour essayer de trouver avant lui la cause de leur décès.

— L'docteur Coutagne est sorti cette nuit…

Je voyais bien le regard du père Delaigue, cet œil qui frisait. Trop content de me faire part d'une nouvelle étrange.

— Et ?

— Y a un maraîcher, m'sieur Gonod de Saint-Rambert, qu'est venu me déposer un drôle de colis !

— Un cadavre… je ne vois pas ce que l'on pourrait livrer d'autre ici.

— Mais pas n'importe quel cadavre, mon garçon !

— Quelqu'un de connu ?

— Non… enfin j'sais pas. Viens donc voir.

Je me levais sans finir mon café pour suivre le père Delaigue. Nous passâmes dans la pièce qui servait aux dissections. Sur l'une des tables était disposé un sac. D'après sa taille, j'en déduisis que ce ne pouvait être le corps d'un adulte qui était à l'intérieur.

— Mon Dieu, c'est un enfant qui repose…

— Tiens donc, regardez-moi ces deux bignoles pérorer, mon cher Coutagne !

2

Les docteurs Coutagne et Lacassagne se tenaient à la porte et nous observaient. Le premier d'un air sévère, le second, un peu plus amusé.

— Vous me semblez bien curieux, messieurs…

— Détrompez-vous, professeur, nous venions préparer afin que vous puissiez autopsier en toute sérénité.

Le père Delaigue était un homme épatant. Selon qu'il s'adressait à moi ou aux médecins, il changeait de langage. Lorsque nous étions juste tous les deux, il me rappelait la rue, quand je traînais avec mes anciens amis Apaches[2]. Alors que si mon maître Lacassagne était là, il usait d'un français bien plus correct.

---

2. Note de l'éditeur : Ange-Clément est un monsieur très âgé lorsqu'il reprend ses carnets noirs. Certes, c'était un de ces voyous des fortifications, il oublie seulement que la presse ne leur donna le surnom d'Apaches qu'en 1900. Nous citons l'article paru dans *Le Matin* de décembre de l'année mentionnée, où le journaliste Henry Fouquier écrit : « Par contre, nous avons l'avantage de posséder, à Paris, une tribu d'Apaches dont les hauteurs de Ménilmontant sont les Montagnes rocheuses. » Lorsque nous avons fait mention de ce fait à M. Huin, il est entré dans une colère aussi noire que ses carnets nous disant : « Comment osez-vous ? Vous pensez que ce pisse-copie a créé le terme ? Nous l'utilisions nous-même alors qu'il portait encore des langes ! C'est bien simple, si vous retirez le mot Apache, je refuse de signer le bon pour tirage ! De plus, vu le titre de votre collection, vous aurez l'air stupide… » Le lecteur comprendra que nous laissions donc planer le doute sur cette étymologie…

— Allons, allons, père Delaigue… pas à moi s'il vous plaît ! Je vous connais suffisamment pour savoir que vous tentiez d'exciter la curiosité de mon jeune ami. Eh bien non, Ange-Clément, ce n'est pas, fort heureusement, un enfant qui gît dans ce sac. Encore quelques minutes de patience et vous saurez.

— Alexandre… je ne comprends pas ce que fait ce jeune homme ici. Vous savez ce que j'en pense !

— Je le sais, mon bon Henry, je le sais. Seulement, voyez-vous, je suis redevable envers Ange-Clément. Puis, il m'est fort utile, c'est un très bon assistant. J'aime son esprit de déduction et son sens de la repartie.

Ah ça, on ne pouvait pas dire que moi, Ange-Clément Huin, j'étais dans les petits papiers du docteur Coutagne. Il ne m'appréciait guère, moi, le bandit, l'anarchiste. Il ne pouvait comprendre que le grand Alexandre Lacassagne se soit acoquiné avec un Apache… Il me le faisait comprendre dès qu'il le pouvait, et je faisais avec. Je n'avais pas d'autre possibilité, et surtout, le professeur Lacassagne prenait souvent ma défense.

Messieurs Marignan, procureur de la République, Vial, juge d'instruction, Morin, commissaire spécial de la Sûreté, Jacob, sous-inspecteur de police et Ferrand, un expert chimiste, étaient arrivés, nous allions pouvoir commencer les examens.

M. Ferrand commença par retirer le lien qui maintenait le sac fermé. Il hésitait sur leur provenance.

— À première vue, je dirais que ce sont soit des cordons que l'on utilise pour des stores, ou bien cela pourrait être une de ces cordelettes qui relient les petits piquets des tentes-abris. Vous savez, du genre que celles que portaient, il y a encore peu, les soldats d'infanterie. J'en saurai plus une fois mes analyses faites. Mais il me semble avoir déjà vu ce genre de fil de fer galvanisé.

Les deux médecins passèrent un tablier et ouvrirent le sac. Je vis alors apparaître une femme. Une femme à laquelle on avait coupé les jambes ! C'était la première fois que je voyais une femme-tronc. Enfin, que je l'apercevais, la pauvre était recouverte de vase. Nous entreprîmes, avec le père Delaigue, de la nettoyer à grande eau, afin de retirer cette boue qui la souillait. Puis nous pesâmes la dépouille : trente-quatre kilogrammes et demi.

— Ange-Clément, d'après vous, combien mesurait cette femme ?

Henry Coutagne jeta un regard vers Lacassagne et soupira. Il détestait quand le professeur jouait à cela. Surtout quand je donnais une bonne réponse. Je pris la pige, mesurai le tronçon de corps.

— Je dirais environ un mètre soixante…

— Et pourquoi donc ?

— Les jambes font, à peu près, la moitié du corps. Comme j'ai mesuré quatre-vingts centimètres…

— À peu près, un peu moins, un tout petit peu moins, mais c'est une bonne réponse.

— Nous noterons un mètre cinquante-huit, nous sommes des scientifiques, et non des détectives amateurs !

— Henry…

Je préférais me faire tout petit afin de ne point attiser la colère du docteur Coutagne. Puis surtout, j'aimais la discrétion en présence des autorités. Je ne tenais pas à me faire trop remarquer. Surtout des deux condés.

— Soit, Alexandre… Soit… Pour l'âge, je dirais entre trente et trente-cinq ans vu les traits, le peu de rides. Vous êtes d'accord ?

— Je le suis, au pis aller, quarante ans, mais pas plus, son visage me le confirme.

Le visage… Qu'il était bien abîmé le visage de cette pauvre femme ! Je dénombrais pas loin de sept plaies. Toutes dues aux pierres qui lestaient le sac. Cela faisait bizarre, sa lèvre supérieure n'était plus, ses dents apparaissaient. Je me sentais mal à l'aise.

Ses mains étaient liées l'une à l'autre. On pouvait remarquer une blessure à l'annulaire gauche. Je me demandais si on ne lui avait pas arraché son alliance, mais ne pipais mot.

— Cette bague a dû être violemment retirée avant sa mort à la vue des ecchymoses.

Je tournais la tête vers Lacassagne qui souriait sous ses énormes bacchantes.

— Nous pourrions penser que le vol est la cause de cet homicide, ses boucles d'oreilles ont, elles aussi, disparu…

J'observai aussitôt les lobes de la victime et vis qu'ils étaient percés. Une fois de plus, Lacassagne avait un point d'avance, étais-je donc rêveur à ce point pour espérer le devancer ?

Content de lui, Lacassagne arborait un grand sourire, il attrapa la senestre et incisa le doigt blessé.

— Il est à noter que l'arrachement a eu lieu avant le décès de cette personne, nous avons un écoulement sanguin.

Il reposa le scalpel et reprit ses investigations de son regard acéré.

— Ange-Clément, si je vous dis que cette femme a déjà enfanté, que me répondez-vous ?

— Que c'est fort possible, elle a de nombreuses vergetures, son ventre a déjà été distendu !

— Vous voyez, Henry, ce jeune homme fut peut-être perdu pour un temps aux yeux de la société, mais nous allons en faire un assistant de qualité. Il a des capacités supérieures à certains de nos étudiants.

— Si vous le dites…

Ce n'était rien de dire que je n'étais pas peu fier de ma réponse.

En quelques mois, ma vie avait changé du tout au tout.

D'un type peu fréquentable, j'étais devenu comme un étudiant en médecine. Dorénavant, les condés ne me coursaient plus, mais discutaient avec moi quand ils venaient à la morgue flottante. Certains me regardaient d'un drôle d'œil. Cherchaient où ils avaient déjà pu me voir. J'avais changé d'apparence, avant j'avais le cheveu un peu trop long et sale, une vilaine barbe me mangeait le visage. Dorénavant, je portais une coupe courte, j'étais bien coiffé, et mon visage était orné d'une jolie moustache dont je prenais le plus grand soin. De longues manches cachaient mes tatouages, et pour compléter le tout, j'avais un langage beaucoup plus châtié. Impossible pour ceux-là de se souvenir qu'ils avaient eu affaire à moi.

Je prenais bien soin de ne pas croiser les regards de Marignan et Vial, je n'avais jamais trop aimé les procureurs et les juges, certainement encore moins que les chaussettes à clous. Ils restaient silencieux, nous écoutaient et regardaient officier.

Les médecins étaient maintenant penchés sur les amputations, observant les incisions. Leurs regards allaient d'une plaie à l'autre.

— L'homme qui a fait ça avait une main ferme et assez habile. Regardez, il a tout d'abord incisé du dedans vers le dehors, avec une lame large et tranchante. Il s'y est repris à plusieurs fois, nous avons trois éraillures sur le sourcil cotyloïdien…

— Mon cher Alexandre, puisque votre petit protégé est si doué à vos yeux, peut-il nous dire quelle jambe a été sectionnée en premier ?

Lacassagne se tourna vers moi, persuadé que moi aussi j'avais la solution, il me fit signe de répondre.

— Docteur Coutagne, je ne possède pas votre savoir, loin de là. Mais je pense pouvoir dire que le criminel a tout d'abord démembré à droite. Si nous observons les deux blessures, on peut voir que du côté gauche, la coupe est moins franche.

— Et vous en déduisez quoi ?

— Soit le meurtrier commençait à fatiguer, il n'est point de tout repos de faire ce genre d'opération. Je le sais, ayant déjà dû exécuter ce genre de chose pour des dissections sous les ordres du professeur Lacassagne. Soit son couteau n'avait plus de tranchant.

— Alexandre, ce garçon a certes un passé qui m'horripile, et dont je ne veux point connaître les détails, mais je dois reconnaître que son sens de la déduction est fortement développé.

— Je vous remercie, professeur…

Je ne le remerciais que par pure courtoisie. Je n'appréciais pas trop que l'on fasse allusion à mon passé, surtout en présence de ce beau monde. Je me demandais d'ailleurs si Coutagne ne faisait pas exprès.

— Oui, eh bien tournez-nous donc le corps que nous puissions voir le dos de la victime. Évitez de vous endormir sur vos lauriers.

Je m'exécutais, nullement étonné que la gentillesse de Coutagne ne perdure point envers ma personne.

— C'est assez bizarre cette incision d'une bonne quinzaine de centimètres dans la région lombo-sacrée…

— Un peu comme si le tueur avait voulu faire une tentative de désarticulation. Ce qui est tout bonnement impossible à partir de ce point à cause des plans osseux…

— Tout à fait, Henry, nous pouvons donc en déduire que sa main est habile, mais ses connaissances en anatomie sont très sommaires.

La femme-tronc reposait de nouveau sur le dos. L'abdomen avait déjà une couleur verdâtre, et une vilaine odeur flottait dans l'air, la pourriture commençait à œuvrer en silence. Les médecins étaient d'accord sur le fait que le cadavre avait dû passer sept à dix jours immergé dans la Saône.

Le professeur Lacassagne se saisit d'un bistouri et procéda d'un seul trait à l'incision mento-pubienne. Les viscères furent sortis d'un bloc et posés sur une paillasse. Il parlait tandis que son confrère notait au fur et à mesure. Il était fréquent que lorsque deux médecins pratiquaient une autopsie, l'un ait les mains dedans tandis que l'autre écrivait. Échangeant les rôles au fil de leurs dissections.

Moi ? Eh bien c'est simple, je n'avais jamais dit ni à l'un ni à l'autre que je savais écrire, donc j'avais toujours les mains dedans. J'aidais comme je le pouvais, je lavais, je recousais et à la fin, avec l'aide du père Delaigue, parfois, je nettoyais la pièce pour le client suivant. Tel était mon rôle en ce lieu.

— Nous n'avons pas d'ecchymose sous-pleurale, l'ensemble a une teinte foncée due à la putréfaction. Les poumons sont eux d'un rouge très prononcé, ce qui pourrait faire penser à une agonie par asphyxie. La cavité droite du cœur est vide, dans la gauche il y a un caillot de la taille de deux noisettes et du sang semi-liquide. Sang que l'on retrouve dans les gros vaisseaux, nous pouvons exclure une hémorragie *ante mortem*. Les amputations ont bien eu lieu après la mort.

Il poussait au fur et à mesure les organes qu'il avait examinés. Il s'essuya sommairement à son tablier et reprit :

— L'estomac et les intestins sont vides, le meurtre a eu lieu bien après son dernier repas. Nous avons la présence d'une dégénérescence graisseuse sur le foie, on pourrait penser que cette personne s'adonnait au mauvais plaisir de l'alcool. De même, les tissus graisseux sont fort abondants au niveau du péritoine. L'hygiène de vie de cette dame n'était pas des plus strictes…

Je me mis à penser qu'il ne valait mieux pas que Lacassagne m'ouvre un jour le ventre. Avec tout ce que j'avais bu, je n'osais même pas imaginer l'état de mon propre foie !

— Le col de l'utérus est entrouvert, sa surface interne baigne dans un liquide sanguinolent. L'ovaire gauche a les bords frangés et sanglants. Cette femme était donc en fin de cycle menstruel. La rate et les reins sont, eux aussi, rouge foncé, ce qui confirme la thèse de la mort par asphyxie. Ange-Clément… pouvez-vous me dire si cette pauvre femme a été étranglée ?

Je relevai la tête, fis répéter la question, non pas que je ne l'eusse point entendue, je voulais juste gagner du temps avant d'apporter un semblant de réponse.

— Je vous demande de me dire si la privation d'oxygène est due à un étranglement de son assassin…

S'il m'interrogeait, c'est que lui avait la solution, mais surtout que moi aussi je l'avais sous les yeux. Je réfléchissais, tout en me remémorant ce que Lacassagne venait d'énumérer. Tentais de revoir chacun de ses gestes. Coutagne me regardait, un mauvais sourire en coin. Il espérait que je lance une ineptie, ou qu'aucun mot ne sorte de ma bouche. La lumière me vint d'un coup !

— Non, professeur, elle n'a pas été étranglée. Que ce soient deux mains lui serrant la gorge, ou bien une corde autour de son cou, c'est impossible !

— Et pourquoi donc, mon jeune ami ?

— Premièrement, il n'y a aucune trace sur le cou. Deuxièmement, lors de votre incision, vous n'avez pas trouvé d'hématome, et l'os hyoïde n'est point fracturé. Conclusion, ce n'est pas une strangulation…

— Magnifique ! Vous pouvez recoudre et nettoyer maintenant.

Lacassagne se passa les mains dans de la liqueur de sel manganique afin de les désinfecter, Coutagne fit de même.

L'assemblée présente quitta la pièce, me laissant seul face au cadavre ouvert.

3

Une fois que j'eus fini de recoudre le cadavre, je l'installais en salle d'exposition pour que les visites de reconnaissance puissent commencer.

Il fallut que je me dépêche, une femme, accompagnée d'une demoiselle, avait fait mander monsieur le procureur. Elle désirait voir le corps au plus vite, pensant que c'était sa fille que l'on venait de retrouver.

Je fis le plus rapidement possible, et en présence de Marignan, présentai la dépouille aux deux visiteuses. Qui déclarèrent, sans aucune hésitation, que ce n'était point l'enfant disparue depuis huit jours qui gisait sur la dalle de pierre.

Ce fut ensuite le défilé, chacun voulant tenter d'identifier une vieille connaissance, ou tout simplement se donner le frisson.

Il fallut que le père Delaigue se fâche pour que nous puissions fermer la morgue. Vous pensez bien ! Un si beau macchabée présenté aux yeux de tous, gratuitement ! Il ne fallait pas passer à côté d'une occasion qui serait loin de se représenter.

Ils me dégoûtaient tous autant qu'ils étaient, ces salopards de bourgeois ! Ces mêmes bourgeois qui le lendemain, allaient prier dans les églises parce que ce monde était trop triste et trop injuste, alors qu'ils se repaissaient de ce genre de spectacle. C'étaient eux qui me faisaient apprécier de plus en plus cette devise, « Ni Dieu ni maître ».

Enfin, plus ou moins. Je n'avais certes pas de Dieu, mais je considérais le professeur Alexandre Lacassagne comme un véritable maître.

Seul dans ma chambrée, je m'adonnais à mon plaisir solitaire. À ce secret que je ne partageais avec personne. J'écrivais… et pas avec n'importe quoi !

Un homme de la société s'était perdu un soir du côté des Brotteaux, un quartier que je fréquentais au nord de la Guillotière. Je n'avais pas un sou en poche, quand il apparut, ce fut la bonne affaire. Je n'avais pas eu grand-chose à faire, le gars était un pétochard, il n'avait pas hésité à me filer sa bourse, une chouette montre à gousset, et un Sampson Mordan… C'était la première fois que je voyais ce que l'on appelait un stylo plume. Comme sa tocante, j'aurais pu le refourguer, mais l'objet m'avait envoûté. Je l'avais gardé bien précieusement et m'en servais pratiquement chaque jour.

Depuis, je racontais, à ma façon, ce que je voyais à la morgue flottante. Je faisais, comme Lacassagne, des rapports, qui n'étaient certes pas médico-légaux. Quoiqu'il m'arrivât fréquemment de tenter de trouver qui, quoi, comment…

Non pas que je me prisse pour un condé, sûrement pas. Non, j'aimais simplement écrire et résoudre des énigmes. Il n'aurait pas fallu que mes feuillets tombent entre de mauvaises mains. Tout mon sombre passé y était inscrit. Toutes les rixes, les embrouilles, les vols et bien pire que j'avais commis dans mon passé peu glorieux étaient retranscrits.

Alors, ce soir-là, je couchais sur mon cahier, avec mes mots, les premiers jours de la mort de l'inconnue de l'île Barbe…

4

Ce matin, Alphonse Bernoud était venu nous rendre visite à la morgue. Enfin, sur les recommandations du professeur Lacassagne. Bernoud était un des plus grands photographes de Lyon, et certainement d'ailleurs, mais je ne voyageais pas beaucoup. Je savais qu'il avait fait le portrait d'un roi et d'un prince que je ne connaissais pas. Certainement italien, il avait pas mal roulé sa bosse de l'autre côté des Alpes. Pendant presque trente années, il avait parcouru la côte Ligure pour donner libre cours à son art. Faisant ainsi de son nom l'un des plus connus de la photographie. Sa boutique, au 2 de la rue des Archers, non loin du théâtre des Célestins, était très prisée de la bourgeoisie pour les mariages et autres portraits.

Il était ami avec le professeur Lacassagne. Ensemble ils avaient travaillé sur un projet de photographies funéraires. Si l'on ne connaissait les deux hommes, on pouvait presque les prendre pour fous…

Bernoud proposait de créer une image du défunt que la famille n'avait pas pu faire de son vivant. Il mettait en scène les personnes décédées, on pouvait parfois croire qu'elles étaient simplement assoupies. Il arrivait même qu'il leur ouvre les yeux, pour plus de réalisme qu'il disait. Les enfants étaient assis dans des fauteuils, avec leurs jouets préférés…

Pour ma part, je trouvais ça un peu macabre. Mais si ces malheureux qui avaient perdu un gamin se sentaient mieux avec ce genre de portraits, après tout, pourquoi pas ? À chacun sa façon de vivre son deuil…

Il installa son monumental appareil. Un objet magnifique en bois luisant et aux cuivres étincelants. Le tout, face à la dalle sur laquelle reposait la femme-tronc.

Sur les instructions du professeur Lacassagne, je manipulais le corps, afin que Bernoud puisse faire un maximum de photographies. Mon maître pensait, à juste escient, que vu l'état du cadavre et ses diverses plaies, nous ne pourrions le conserver bien longtemps. Alors il avait décidé de faire venir son ami pour « immortaliser » la dépouille.

Ce qui allait permettre de continuer de tenter une identification, même après l'inhumation.

Il tira des épreuves des sections amputées des membres inférieurs, du visage, bien entendu, de face et de profil, des bras et du buste.

Les images furent disposées ensuite dans des lieux stratégiques. La morgue, où la plupart des reconnaissances avaient lieu, mais aussi dans les communes situées non loin de Saint-Rambert, là où cette pauvre femme avait été retrouvée.

— Professeur, vous ne pensez pas que les gens pourront être choqués lorsqu'ils verront ces images ?

— Ange-Clément… vous vous rendez compte du nombre de personnes qui défilent ici, chaque jour, juste pour voir des cadavres corrompus ?

— Certes, mais ceux-là veulent voir de telles horreurs, là…

— Mon jeune ami, vous avez peut-être raison, mais sachez que pour moi, l'impossible identification d'un corps empêche le deuil des familles et le règlement des successions[3]. Et je vais même aller plus loin que ces simples photographies, voyez-vous.

— Comment cela ?

— Savez-vous qui était Jean-Paul Marat ?

Ce que j'appréciais chez le professeur Lacassagne, c'est qu'il discutait avec moi, comme si je possédais sa culture. Si je n'avais pas la réponse à l'une de ses questions, jamais il ne se moquait, non, il m'expliquait, m'instruisait. Cet homme avait en lui la pédagogie, c'était son sacerdoce que d'apprendre à son prochain.

— Pas le moins du monde, mon cher maître…

— Marat était un médecin, mais aussi un physicien, un journaliste et homme politique français. Il fut tribun

3. Pour certains dialogues, l'auteur utilise des citations du professeur Alexandre Lacassagne.

pendant la Révolution et mourut assassiné par une dénommée Charlotte Corday. Je possède son masque mortuaire. Lors de son décès, son visage fut moulé avec du plâtre. M. Gustini, qui est mouleur à la faculté des sciences, va mouler cette femme.

Je ne comprenais pas l'intérêt d'avoir chez soi la tête d'un mort exposée, aussi révolutionnaire fût-il. Ce n'était pas la première fois que Lacassagne m'étonnait avec ses excentricités, rien que cette passion pour recopier les tatouages qui nous avait fait nous rencontrer. Mais là, je ne comprenais pas le pourquoi de la chose.

— Quel intérêt de faire une statue ? Si c'est pour qu'on la reconnaisse, les photos ne suffisent-elles pas ?

— Bien sûr qu'elles devraient être suffisantes. Je veux tenter autre chose. Ce n'est pas seulement le visage de la défunte, que je veux faire mouler, mais surtout ses multiples plaies !

Lacassagne observait mes réactions tout en lissant sa moustache. Il voulait que je comprenne quel était son but… Je réfléchissais du mieux que je le pouvais. Pourquoi donc faire une empreinte des blessures ?

Je repensais à une bagarre de rue à laquelle j'avais été mêlé… Plusieurs bougres me faisaient face, et je n'avais plus de munitions dans mon revolver. Je disposais de la même arme de poing que tous les Apaches. Qui était un peu comme ce drôle de couteau que l'armée suisse venait d'acheter pour ses soldats. On pouvait manger avec, démonter le fusil d'ordonnance, et il disposait d'une lame, d'un ouvre-boîte, d'un tournevis plat et un poinçon. Eh bien mon arme faisait office de revolver, de surin et de coup-de-poing américain.

La crosse était en métal, prévue pour que l'on y glisse les doigts. Cela permettait de recharger, tout en gardant un potentiel de défense. Je savais manier la chose, déjà bon boxeur poings nus, avec ça entre les mains, il ne fallait pas m'approcher de trop près. Ce qu'avaient fait mes agresseurs qui étaient munis de couteaux ! Il ne m'avait pas fallu bien longtemps pour prendre le dessus et les mettre au tapis malgré leurs lames. Et je me souvenais de cette rixe, et de cet homme à terre, et surtout de son front où était imprimée la crosse de mon flingue !

— Si vous veniez à avoir un suspect, vous pourriez vérifier que sa lame correspond aux plaies de la morte !

— Quand je pense que ce garçon ne faisait rien de ses journées… qu'il traînait ses guêtres par monts et par vaux avec l'esprit de logique qu'il possède !

Il était certain que si je n'avais pas croisé la route de cet homme à un moment de ma vie, jamais je n'aurais pu rédiger ces mémoires. Au mieux, je croupirais dans un bagne, au pire ma vie se serait finie au bout de la corde d'un gibet ou à l'abbaye de Monte-à-Regret…

***

Si voir apparaître un visage sur du papier lors d'une photographie était chose impressionnante, je ne savais décrire ce que j'avais sous mes yeux. J'étais resté tout au long de l'opération près de M. Gustini. J'avais ainsi pu voir toutes les différentes étapes de son travail. Et lorsque le moulage du visage fut terminé, qu'il le posa près du cadavre, c'était époustouflant. Cet homme était un démon, un magicien ! Il avait créé un double de notre mystérieuse victime.

Il avait fait la tête, les deux sections des jambes, mais aussi la main droite sur la demande de Lacassagne.

— Voilà, professeur… c'est fini pour moi. Vous pourrez maintenant mettre cette pauvre femme en terre lorsque vous le souhaiterez. Vous disposerez des moulages pour tenter de l'identifier.

— Mon cher Gustini, je vous remercie. Quel admirable travail !

Il effleura le moulage de la main de la victime, regardant le bout des doigts.

— Vous savez que certains pensent que ces empreintes digitales sont la clé de toutes les reconnaissances ? Il paraît qu'aux Indes, un Britannique du nom de William James Herschel les utilise pour éviter que les bénéficiaires de pension de l'armée ne touchent l'argent plusieurs fois. Elles lui servent aussi pour identifier les marchands locaux qui refusent de remplir les termes de leurs contrats. Herschel leur trempe le doigt dans l'encre et l'appose sur ces contrats, créant ainsi, pour lui, un sceau unique... Je n'y crois pas. Je veux que l'on me prouve que les dessins formés par les crêtes papillaires d'un individu sont uniques !

— Je ne peux vous dire, mon cher Alexandre, je n'ai pas vos compétences en anatomie et encore moins en médecine légale. D'ailleurs, si j'osais, j'aurais une question…

— Mais osez donc, mon ami ! Jusqu'à preuve du contraire je ne mords pas ! Ange-Clément, mon assistant, a-t-il l'air un garçon martyrisé ?

— Loin de là, c'est juste que cette question est certainement sotte…

— Non, mon ami, jamais une question n'est sotte. Je vous écoute.

— Eh bien voilà : pourquoi lui avoir coupé les jambes ? Je veux dire, seulement les jambes ? Je sais qu'il y a sur cette terre des monstres, des sadiques, des crimes horribles ont lieu. Ce n'est pas la première fois qu'une victime est démembrée, dépecée, que son corps est souillé, mais là…

— C'est trop ou trop peu ? Telle est votre question ?

— Oui, si l'on veut, pourquoi ne lui couper que les jambes ?

— Je me pose moi-même la question… Outre ces deux amputations, le meurtrier ne lui a pas causé d'autres mutilations. Les plaies que vous voyez sur son visage sont dues aux pierres aiguës qui lestaient le sac. On pourrait parler de trophées, voire d'anthropophagie, mais en ce cas, pourquoi simplement les membres inférieurs ?

— Le manque de temps ?

— Non, les coupes ne sont pas rudimentaires, pas d'utilisation de hache, mais d'un couteau. Puis, si c'était par manque de temps, pourquoi notre criminel se serait embarrassé de beaux nœuds de marin ? Voyez-vous, après mûre réflexion, je pense à une chose toute bête, toute simple : le corps ne rentrait pas dans un seul sac. Il voulait absolument qu'on ne le retrouve pas, qu'il sombre au fond de la Saône, d'où les pierres. Et la seule solution qui s'offrait à lui était de jouer les dépeceurs. C'est pour l'instant la seule hypothèse que j'ai à émettre…

— Moi, j'en aurais peut-être bien une autre, professeur…

Lacassagne et Gustini se tournèrent vers moi avec des yeux pleins d'interrogation.

— Eh bien allez-y, parlez, mon garçon. Ne nous faites point donc languir plus que de raison !

— Ça…

En parlant, je retroussai ma manche afin de laisser apparaître mon avant-bras.

— Mais comment n'y ai-je pas pensé plus tôt ! C'est une hypothèse tout à fait possible… Cette femme pouvait être tatouée sur les jambes, ce qui aurait permis de l'identifier. Certes, c'est osé, mais il fallait y penser. Un bon point pour toi, Ange-Clément. J'ai cependant un doute, pourquoi une femme n'aurait que les jambes de tatouées ? Ce n'est pas l'endroit où l'on fait le plus graver sa peau, vous devriez le savoir… En revanche, mon jeune ami, où vous levez peut-être une piste, c'est de faire disparaître les jambes pour la reconnaissance !

Je jetai un œil du côté de Gustini, je vis qu'il était tout aussi perdu que moi. Il était parfois bien difficile de suivre Lacassagne dans ses raisonnements. Il nous regarda avec un grand sourire, lissa sa moustache et reprit :

— Une malformation peut-être ? Un pied-bot, que sais-je ? Mais quelque chose qui la distingue d'une autre femme, qui la faisait peut-être même claudiquer. Un détail à retenir ! Mais comme vous le savez, il faut chercher à penser de la même façon que le meurtrier, et toujours commencer par émettre l'hypothèse la plus simple. Qui dans le cas présent, serait le sac trop petit…

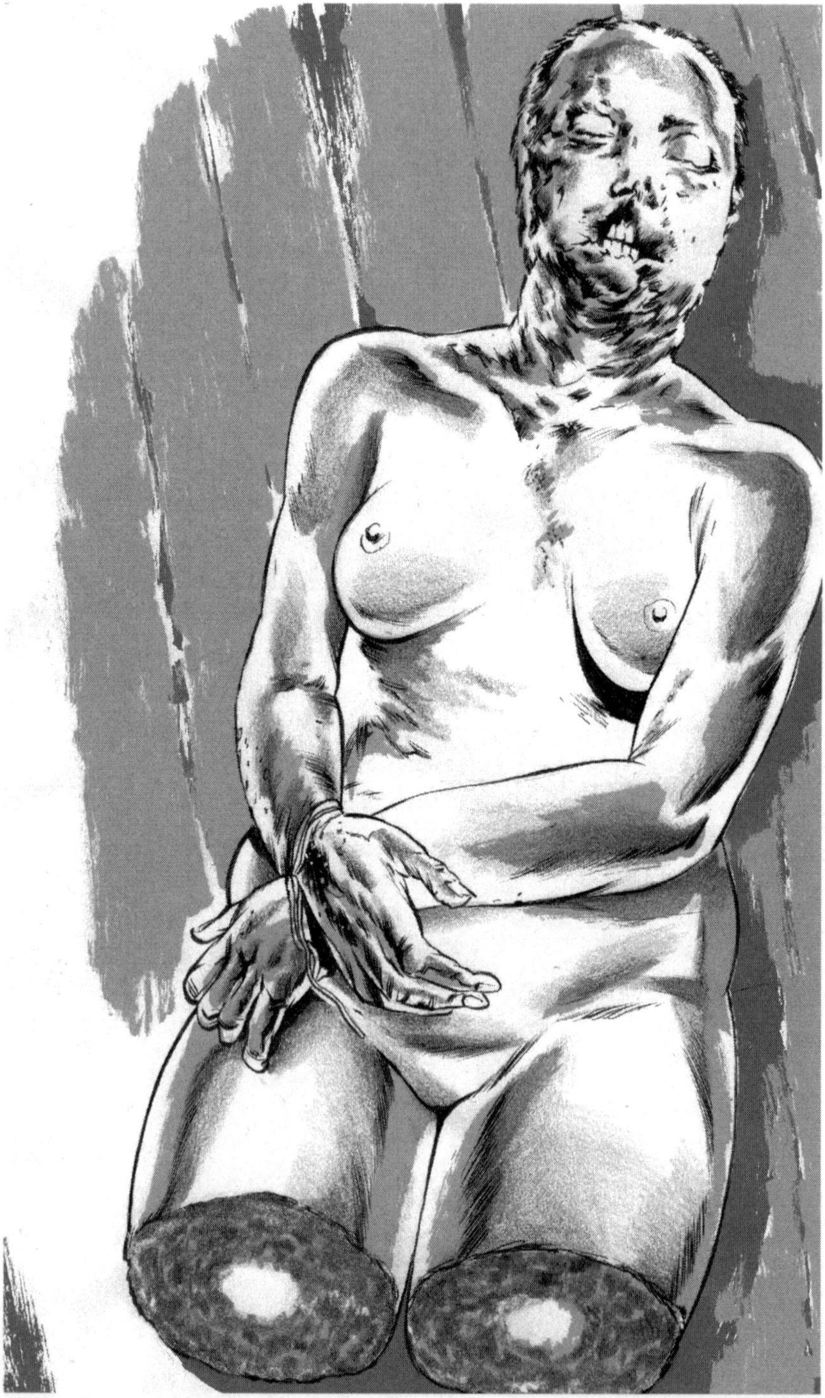

5

L'affaire de la morte de l'île Barbe n'avançait pas. Le public défilait toujours chaque jour à la morgue flottante. Le mot circulait dans tout Lyon que ce cadavre était exceptionnel. *Le Progrès*, sans le vouloir, en faisait la publicité à chaque publication. Les articles de leurs journalistes attiraient une foule de voyeurs. Mais aucun d'eux n'était capable de reconnaître cette pauvre femme.

Le professeur Lacassagne venait de terminer un cours de dissection. Ses élèves quittaient la platte, le père Delaigue, quant à lui, s'occupait des visites. Un cadavre venait d'être amené. Un pauvre hère qui était mort de froid, un gars de la rue qui était connu pour vivre de mendicité. Lui, on connaissait son identité. Ce qui intéressait Lacassagne, c'était que le défunt fût tatoué.

Lacassagne avait déjà posé sa toile transparente sur le dessin, d'un geste sûr avec son crayon, il retraçait l'encrage.

— Mon petit Ange-Clément, je ne connaissais pas cet homme, mais je serais prêt à parier qu'il servit pendant un temps dans les bataillons d'Afrique…

— Oui, je suis d'accord avec vous. Des emblèmes militaires et surtout cette phrase « Zéphir, vivre ou mourir ». Un gars qui a été dans le 2e BILA[4]…

J'avais à peine fini de parler que je me rendis compte de mon erreur. J'espérais qu'il n'allait pas relever.

— Oui, Zéphir c'est bien le surnom des hommes du second. Ange-Clément, vous m'épatez pour un garçon qui ne sait ni lire ni écrire. Quand cesserez-vous de me prendre pour un imbécile ? Vous croyez donc que je ne vous ai jamais vu le nez dans la presse le matin ? Et pas les pages où il y a des images… Mais à chacun ses petits secrets, je sais pertinemment que vous ne m'avez pas tout dit. C'est votre droit.

Je ne tenais pas à continuer la conversation en ce sens. Je le savais fort rusé pour m'acculer à lui avouer des choses que je tenais à garder pour moi. Je décidai de changer de sujet, d'aller vers ce qui le passionnait.

— Pourquoi les tatouages vous intéressent autant ?

— Ah… c'est toute une histoire. Que ce soit pour le tatoueur, ou le tatoué. Bien que la plupart de ceux qui font graver soient des criminels, certains le font par reconnaissance envers leur profession. Chaque dessin, chaque phrase représente une partie de la vie de ces

4. 2e Bataillon Infanterie Légère d'Afrique.

gens. Je dirais même que parfois, c'est l'autobiographie de ceux qui ne savent pas écrire. La première femme aimée, la mère adorée, l'arme de prédilection, le gang auquel on appartient. On le marque en son derme pour ne pas l'oublier jusqu'à sa mort. Tenez, je vous retourne la question, celui que vous arborez sur le torse, il représente quoi pour vous ?

En ce temps-là, les œuvres que j'avais sur le corps avaient plus fière allure qu'aujourd'hui. Ma peau ne s'était pas encore fanée, l'encre n'était pas passée.

— Le revolver est celui que j'utilisais au sein des Apaches. Si juste à côté y est inscrit « Pour les vaches », c'est que je n'hésitais pas à tirer sur la police. Cœur de lion, avec la tête de l'animal, parce que l'on me disait courageux, tel un fauve. « Au rendez-vous des pucelles », c'est une bêtise, il fut un temps où je courais facilement la gueuse. Les deux soleils, ça c'est parce que j'ai passé pas mal de temps à l'ombre, alors deux soleils, ce n'est pas de trop… et la main qui tient le poignard, c'est le symbole de mon couteau d'arsouille.

— Bien… bien. J'avais presque tout, il me manquait la signification pour les deux soleils, je dois vous avouer que je trouve ça quelque peu poétique.

Il ne posa aucune question sur le pourquoi et la durée de ma détention, ce qui m'arrangea. Il s'attelait à reproduire un second tatouage.

— Le plus bizarre que vous ayez vu, mon cher maître, c'était quoi ? Vous avez dû en observer une foultitude non ?

— Des centaines et des centaines. Je prépare une étude anthropologique sur le sujet. Celui qui m'a le plus, comment dire ? Impressionné ? Oui, partons sur impressionner, c'est bien, bizarre, c'est différent d'un point de vue sémantique… il était sur le crâne d'un homme. Il avait là un drôle de symbole : le soleil autour duquel une colonie de cafards dansait une sarabande. Et sur son front un credo : « Vive la France ! Liberté, Égalité, Fraternité ! » Avec juste en dessous, comme un état civil : « L'enfant du malheur ! » Voilà ce qui m'a le plus impressionné, maintenant, je me doute que vous demandiez du plus grivois, n'est-ce pas ?

J'éclatai de rire. Je n'avais pas spécialement cette idée en tête, mais je voyais bien son œil qui frisait. Lacassagne avait quelques anecdotes à confier.

— Pourquoi pas, professeur…

— Si vous saviez, Ange-Clément, comme l'instinct génital peut donner comme idées folles dans l'univers du tatouage ! J'ai vu, sur la peau de certains, des scènes lubriques qu'il m'est impossible de vous décrire. En revanche, je me souviens avoir ri lorsque j'ai découvert un homme qui avait d'inscrit au-dessus de la verge : « Venez, mesdames, au robinet d'amour ». J'ai pensé à ce moment aux pauvres conquêtes de cet individu, qui dans un moment d'intimité découvraient cette maxime.

— C'est en effet peu banal, professeur, et il est vrai que la dame devait être surprise de trouver tel adage à cet endroit. En revanche, vous êtes fort habile à me prendre pour un lapin de six semaines. Vous ne m'avez pas répondu, vous avez louvoyé…

— Désolé, mon jeune ami, je ne me souviens plus de votre question…

— Moquez-vous de moi. Je vous demandais pourquoi cet attrait, cette étude pour le tatouage ?

— Sincèrement et sans que vous vous vexiez ?

— S'il vous plaît, et promis, je ne serai point offusqué par votre réponse.

— Soit ! Mon but est de cerner la personnalité de l'individu dont je répertorie les dessins qu'il a sur le derme. Je pars du principe que le nombre de tatouages donne la mesure de la criminalité du tatoué. Vous comprenez ?

— Pas vraiment, je dois vous l'avouer…

— Prenons votre exemple. Vous m'avez expliqué votre torse, votre appartenance aux Apaches, cette haine de la police et un passage en prison, nous sommes d'accord ?

— Nous le sommes.

— Si mes souvenirs sont bons, vous avez sur l'avant-bras droit un serpent, c'est bien cela ?

— Oui…

— Pourquoi un serpent ?

Je me mis à rire avant de répondre.

— Vous avez perdu professeur, aucune « criminalité » dans mon serpent. C’est juste que le gars qui me l’a fait ne savait dessiner que cela, tout simplement !

— À quelle occasion a-t-il été fait ?

J’hésitais quelques instants avant de répondre, le malicieux m’avait berné.

— Lors d’un séjour en prison.

— Votre phrase sous-entend que ce n’est pas lors de la même détention où vous avez fait tatouer votre torse. Ai-je bon ?

— … Oui. C’est exact. Mais c’est du passé tout ça. Grâce à vous, je suis dans le droit chemin dorénavant.

— Là n’est pas le sujet ! Je viens juste de vous démontrer que ma théorie est la bonne. Par curiosité, comment ce serpent a été fait ?

— Avec les moyens du bord. Tracé au couteau et encré avec le charbon du poêle.

— Merci, mon jeune ami. Il se fait tard, vous pouvez rentrer chez vous, moi-même je ne vais pas tarder.

Je le saluais et quittais la morgue flottante, légèrement dubitatif sur sa théorie.

Deux pensées s’opposaient en mon for intérieur. La première, c’était que Lacassagne était bien trop rusé pour que je lui cache quoi que ce soit. Cela me mettait mal à l’aise. Il était des parties de mon passé que je n’avais point envie d’exhumer au grand jour. D’ailleurs, depuis quand avait-il compris que je savais lire ? Et pourquoi ne m'avoir jamais rien dit ?

La seconde, c'était justement ça que j'appréciais en lui. Cette façon qu'il avait de faire accoucher la vérité. Sans que l'on ne s'en rende vraiment compte.

Dans une discussion, il fallait faire attention à chaque mot que l'on prononçait. Ils étaient aussi importants que n'importe quelle trace sur un cadavre. Il analysait tout, comprenait beaucoup et essayait sans cesse de trouver de nouvelles façons de faire avancer sa science.

Si j'avais cru en lui, j'aurais dû rendre grâce à Dieu chaque jour pour m'avoir fait croiser la route de cet homme, et que ma vie change à ce point.

6

Les jours se suivaient mais ne se ressemblaient vraiment pas à la morgue flottante. Hier, personne ne connaissait l'inconnue gisant sur la dalle de pierre. Aujourd'hui, c'était l'inverse ! La foule des grands jours embarquait sur la platte. Chacun pensant avoir déjà vu ou connaître cette pauvre femme.

Le professeur Lacassagne avait demandé avant l'ouverture au public de couvrir quelque peu la défunte. Il ne pouvait supporter que les gens défilent devant cette pauvre créature mutilée. Le père Delaigue avait pris soin de recouvrir le tronçon d'une grossière pièce de toile qui traînait. Ainsi, les voyeurs ne pouvaient observer que la tête et les mains de l'inconnue.

Malgré cela, on ne pouvait pas dire que ce fût un charmant spectacle. Le visage qui était offert aux yeux de tous était atrocement mutilé. Les yeux étaient fortement gonflés, la pommette droite difforme, le nez bien abîmé. Et sa bouche, mon Dieu, que l'image de cette bouche m'avait hanté pendant des semaines. La lèvre supérieure absente, l'inférieure avec des pertes de substance, on voyait ses dents. J'avais l'impression qu'un démon me souriait.

Je me demandais bien comment quelqu'un qui avait connu cette personne serait bien capable de l'identifier du premier coup d'œil…

Pourtant, ils étaient nombreux à penser l'avoir connue, croisée à un moment quelconque de leur vie.

Était-ce une forme d'espoir douloureux pour ceux qui souffraient de la disparition d'un être cher ? Une parente, une amie, dont ils n'avaient plus de nouvelles depuis des jours, des semaines, voire plus quelquefois… Je savais que parfois, il était mieux de savoir l'être aimé mort que d'imaginer, chaque jour passant, des choses plus terrifiantes les unes que les autres.

Toujours était-il que vu la multitude d'individus qui venaient se présenter à l'entrée de la morgue, nous dûmes organiser une queue et avoir recours à un service de sécurité ! Des gardiens de la paix tentaient de faire régner un semblant d'ordre, ne laissant pénétrer les visiteurs que par groupes de huit à dix personnes. Je fus fort étonné que parmi tous ces curieux (car oui, j'étais véritablement certain que les trois quarts n'étaient que des curieux en quête de macabre), il y avait principalement des femmes et des jeunes filles. Quelle drôle d'époque !

Dès que quelqu'un pensait retrouver les traits d'un proche dans ce faciès ravagé, il devait déposer son identité auprès du père Delaigue. Le gardien notait le nom et l'adresse du potentiel témoin, et en fin de journée, il transmettait le tout au commissaire spécial de la Sûreté, Morin.

Et ils étaient nombreux, ceux qui pensaient savoir qui était la pauvre dépecée…

Ce M. Bonnevie par exemple. Sa femme n'avait pas donné signe de vie depuis une quinzaine. Il ne s'était pas forcement inquiété, vu qu'il plaidait en séparation. Il était convaincu que c'était son épouse disparue qui gisait sur la pierre. Il avait avec lui une photographie, qu'il déposa aux côtés du cadavre afin que les personnes présentes donnent leur avis, enfin, qu'ils confirment surtout le sien. Car nous, Delaigue, Lacassagne et moi-même, ne voyions aucun trait commun à ces deux femmes. Il insistait, trouvant « un air ». Lorsque, excédé, le professeur lui avait demandé quand cette photographie avait été faite, l'homme avait répondu : « Un certain laps de temps… »

— Mais encore ? Qu'est-ce qu'un laps de temps pour vous, monsieur ? Un mois, une année, plus ?

— Je me souviens que c'était lors de sa grossesse que je l'avais fait poser !

— Et quel âge a votre enfant ?

— Il s'en va sur ses onze ans, docteur.

— Bien, rentrez chez vous, M. Delaigue fera part de votre témoignage au commissaire Morin. Laissez la place aux autres…

Bien sûr, ce n'était pas sa femme qui reposait là, certainement que Bonnevie l'aurait voulue morte plutôt que disparue…

***

Il était fascinant d'observer tous ces badauds. Ils avaient différentes façons de se comporter. Nous avions ceux dont l'imagination avait parfois tendance à déborder, à s'emporter. Se souvenant, par on ne savait quel miracle, d'un détail fort troublant. Ceux qui s'imaginaient témoins d'une grande affaire criminelle.

Puis, les plus ridicules, les pathétiques, les affabulateurs, qui cherchaient désespérément leur moment de gloire. Et pour terminer, ceux qui nous faisaient quelque peine, les sincères. Avec ceux-ci, il était difficile de trier le bon grain de l'ivraie. Ils cherchaient vraiment à aider, leur mémoire leur jouant parfois des tours.

Tout le monde voulait savoir qui était cette mystérieuse femme amputée. Nous, nous aurions aimé retrouver les membres absents, qui manquaient toujours à l'appel. Sans doute le second sac avait-il été mieux lesté que le premier ou immergé en un autre lieu…

***

Morin venait d'arriver avec un dénommé Billard, cocher de profession. Il était source d'espoir pour le commissaire. Hier, tandis qu'il enquêtait auprès des habitants de Saint-Rambert-l'île-Barbe, il eut vent par la rumeur publique d'un conducteur de fiacre qui déclarait à qui voulait l'entendre, qu'il lui arrivait fréquemment de mener une femme aux environs de l'île Barbe. Femme qui se plaignait à chaque voyage d'être menacée de mort par son amant qu'elle allait rejoindre. Il lui avait demandé pourquoi en ce cas aller le voir ? Elle lui avait répondu que justement, si elle arrêtait d'aller à sa rencontre, si elle mettait fin à leur liaison, il n'aurait aucun mal à la retrouver et la découperait en morceaux pour lui apprendre ! Se pouvait-il que l'homme ait mis ses menaces à exécution ? C'était ce que pensait le condé. Surtout que lorsqu'il avait retrouvé ce fameux Billard – chose qui ne fut pas facile : l'homme étant auxiliaire, il n'avait pas de numéro fixe –, il lui avait donné une description correspondant à notre locataire.

Lorsque le cocher fut face au cadavre, il faillit rendre son déjeuner, mais surtout déclara que ce n'était pas la femme qu'il avait souvent conduite à l'île Barbe.

Morin ne se laissa pas abattre pour autant, ce gredin avait une autre corde à son arc. Il n'avait pas perdu son temps lors de ses investigations avec le sous-inspecteur Jacob du côté de Saint-Rambert. Pour déjà avoir eu affaire avec monsieur le commissaire spécial de la Sûreté, on pouvait lui reprocher moult choses, comme détester tout ce qui était trop proche du mouvement anarchiste, mais certainement pas d'officier en dilettante. Au contraire, il faisait un peu trop dans l'excès de zèle à mes yeux…

Morin disposait d'un second témoin, il se disait que sur les deux, un serait certainement fiable. Celui-ci, M. Perroche, avait ouï-dire de l'aspect du cadavre. Sur cette simple description de l'homme qui a vu l'homme qui a vu l'homme qui a vu l'ours, le sieur Perroche pérorait que la morte semblait ressembler à la femme qu'il avait eue à son service afin de s'occuper de la garde de ses enfants. Il affirmait haut et fort pouvoir identifier cette pauvre inconnue mutilée. Il n'y en eut nul besoin, il avait simplement suffi à Morin et Jacob de se présenter au domicile de l'ancienne domestique de Perroche, pour qu'elle leur ouvre la porte et prouve ainsi ne pas gésir sur une dalle de pierre de la morgue flottante.

Je ne pouvais pas dire que cela m'amusait, de voir ces fins limiers sur la brèche, ces habiles fonctionnaires comme les nommait la presse, tenus en échec. Mais nous avions eu quelques contentieux dans le passé, et la tournure des événements ne me déplaisait pas…

7

Morin, qui avait décidé de passer prendre les notes du père Delaigue, nous expliquait ses échecs successifs, son manque de chance. Si Lacassagne paraissait soucieux, cherchant par quel moyen il pourrait aider le commissaire spécial, moi, je me mordais l'intérieur de la joue afin de ne pas rire.

Je devins plus concentré sur les dires de l'homme de loi lorsqu'il se mit à dire que si, malheureusement, l'identité de la victime n'était point confirmée, en revanche, il disposait d'une piste fort intéressante pour le coupable.

Non pas que je fusse ce coupable et que je prisse peur, non, simplement, je fus étonné que n'ayant aucune piste pour le cadavre, aucun témoin lors du meurtre, Morin était sur les traces du coupable…

— Ce ne sont pas quelques mauvaises directions qui vont me faire perdre courage ! Messieurs, je sais que seule paie la persévérance ! Alors je continue sans cesse de questionner, d'interroger, de tenter d'apprendre le moindre petit détail, et cela paie. J'ai passé ma journée à interroger moult individus sur l'île Barbe. Espérant qu'une personne ait vu notre criminel jeter le fruit de son méfait dans la Saône.

— Sa victime… c'est une pauvre femme qui repose ici, monsieur le commissaire !

— Si vous voulez, professeur… En vain, personne n'errait en pleine nuit là-bas.

— Pourquoi la nuit ?

Je n'avais pu m'empêcher d'intervenir. Ce fut plus fort moi. J'avais toujours eu un souci avec les idées toutes faites. Et le meurtrier qui n'agit que lorsque le soleil est couché en est une. Pour avoir passé autant de temps dans la rue, au milieu de la lie de la société diront certains, je dirais plus au milieu des exclus, le crime n'a point d'heure…

— Parce que, jeune homme, la plupart du temps, le criminel est fourbe et sournois, et préfère frapper quand le bon peuple est endormi.

— Commissaire, en tant que médecin légiste, je pourrais vous contredire, mais ce n'est pas là le sujet de cette conversation. Où en êtes-vous donc ?

— Ce qu'il y a de bien, c'est que les honnêtes gens viennent de leur plein gré me parler. Ceux qui ont aperçu des choses, des personnes qui leur semblent louches, viennent se confier. C'est ainsi que le sieur Tulipe, un ébéniste bien connu de Saint-Rambert, est venu me voir. Le 28 décembre dernier, il se rendait sur un chantier. Devant lui marchait un couple. L'homme et la femme venaient de le doubler, allant d'un bon pas. Ce fut à ce moment qu'il put bien voir leurs visages. Lui, portait des cheveux bruns, longs et crépus, ainsi qu'une très forte et très épaisse moustache à la Victor-Emmanuel. Un faciès que l'on n'oublie pas…

Je me retenais, connaissant les idées du commissaire, de préciser que l'homme avait surtout une bonne tête d'étranger…

— Très certainement un Italien. Et la femme qui l'accompagnait était également brune, assez grande et assez forte. Ses cheveux, crépus, étaient réunis par une tresse. Elle portait des bottines à hauts talons et une robe noire. M. Tulipe l'a trouvée de grande taille pour une dame et assez forte. Ils se disputaient violemment. Vous voyez, cela pourrait correspondre.

Je me retins de lui faire remarquer que moins d'un mètre soixante, ce n'est pas si grand, le condé n'aimait pas trop qu'on le contredise. Je vis bien que Lacassagne aussi doutait, mais n'en disait pas moins. Nous le laissâmes donc continuer sa théorie.

Son regard allait du professeur à moi-même, il scrutait la moindre de nos réactions.

— Je vois bien que vous ne partagez pas mon enthousiasme, messieurs ! Et c'est simplement parce que je ne vous ai pas dévoilé le plus intéressant, ce qui me fait penser que c'est cet Italien, le meurtrier, et sa compagne la victime : sa valise !

Pour ma part, j'étais complètement perdu, en revanche, l'œil du professeur Lacassagne s'était mis à briller. Morin avait éveillé sa curiosité.

— Dites-m'en plus, mon cher Joseph, ne nous faites donc pas plus languir qu'il ne le faut…

— Ah, je vous reconnais bien là, professeur… Eh bien l'homme portait une valise carrée, qui selon le témoin devait mesurer trente-cinq centimètres. Nous pouvons lui faire confiance, les ébénistes ont souvent l'œil, comme l'on dit. Elle était recouverte de moleskine noire. Ce qui est le plus… intéressant, c'est que la serrure de ladite valise devait être brisée…

— Et alors ?

— Et alors, mon cher Lacassagne, les anses étaient maintenues par du fil de fer. Et notre bon M. Tulipe affirme que ce fil de fer est semblable à celui qui fermait le sac où ce cadavre mutilé était enfermé.

Quel cabotin ! Il avait lancé sa tirade en pointant de l'index la femme-tronc. Cependant, quelque chose clochait dans son raisonnement, et cette fois, encore, je ne pouvais me taire.

— Excusez-moi, monsieur le commissaire spécial, mais comment votre témoin pouvait connaître le fil employé ?

— Mon cher Lacassagne, votre jeune assistant a l'esprit vif. Très vif, je dirais même. Voyez-vous, mon garçon, je me suis, bien entendu, posé la même question. Et j'ai interrogé M. Tulipe sur ce point !

— Et ?

— *Le Progrès*, jeune homme… *Le Progrès*. Un article est paru avec une photographie du sac ouvert et son lien juste à côté.

— Sachez, monsieur le commissaire, que je ne remets pas votre travail en doute, mais d'après une simple photographie, c'est possible ?

— Pour un professionnel, je le pense. Par acquit de conscience, le sous-inspecteur Jacob s'est rendu au laboratoire de M. Ferrand pour en prendre un morceau. Nous avons montré ce morceau au sieur Tulipe qui a confirmé. À hauteur de l'impasse de la Sauvagère, Tulipe a changé de direction, il ne supportait plus les deux belligérants qui ne cessaient de s'insulter.

— Vous avez donc une piste, mais qui, malheureusement, ne vous mène pas loin…

— Détrompez-vous, professeur, je ne vous ai pas tout dit ! Lorsque le couple a doublé M. Tulipe, l'homme lui a demandé à quelle heure partait la voiture en direction de Villefranche. Bien entendu, l'ébéniste lui a répondu qu'il n'y en avait pas. Que le moyen le plus simple et le plus rapide était de prendre un train à la gare de Vaise.

— Et donc, bien habilement, et avec le flair qu'on vous connaît, commissaire, vous vous êtes rendu à la gare ?

Ce qui était le plus étrange dans cette conversation, c'était que Morin ne se rendait même pas compte que Lacassagne se moquait allègrement de lui. Lui qui était si fier de nous conter dans les moindres détails l'avancée de son enquête… Le pire étant qu'il faille presque utiliser des forceps pour le faire parler. En cherchant bien, j'aurais peut-être pu en trouver sur la platte !

— C'est là-bas que j'ai appris de la bouche d'un des employés des chemins de fer, qu'un individu, correspondant trait pour trait à celui décrit par Tulipe, était venu le même jour vers 14 heures. Il voulait faire expédier un colis en port dû. On lui répondit que ceci était impossible, il fallait qu'il paie. Il accepta, bien que l'employé ait remarqué qu'il tiquait de devoir avancer la somme. L'étranger a demandé que l'on inscrive pour lui l'adresse sur le colis, ne sachant pas écrire. Bon, où j'ai un petit problème de témoignage, c'est pour le bagage…

Le professeur devait être comme moi, fatigué d'entendre Morin. Non pas que l'affaire nous fût étrangère, bien au contraire. Simplement parce qu'il ne nous apprenait pas grand-chose, pour ne pas dire rien. Voyant que nous ne relancions pas, il reprit :

— Oui, si Tulipe a vu une valise, l'employé des chemins de fer, lui, n'a vu qu'un simple sac de nuit… En revanche, il est formel : ce sac était garni aux anses d'un fil de fer galvanisé ! C'est donc bien le même homme ! Qui repartit de la gare sans prendre le moindre train…

— C'est tout ? demanda Lacassagne dont l'impatience commençait à se voir.

— Oui, mais c'est un très bon début.

8

Nous pensions, le professeur et moi-même, en être quittes de cette interminable discussion. Morin avait vidé son sac, façon de parler et sans ironie d'aucune sorte. Quand nous vîmes le sous-inspecteur Jacob le rejoindre, nous échangeâmes un regard qui en disait long sur notre désarroi !

— Commissaire, enfin je vous trouve ! Je me doutais que vous alliez repasser ici.

— Vous avez quelque chose, Auguste ?

— Oui… Quand nous nous sommes séparés lors de l'audition du sieur Tulipe, j'ai continué, comme nous l'avions dit, de mon côté. J'ai entendu un dénommé Duthier. Un homme de confiance, puisqu'ancien capitaine. Il réside à l'île Barbe et la connaît comme sa poche, tout comme les résidents. Il n'en est point un qu'il ne connaisse pas de visage. Il remarque toute personne louche !

Je remarquais que pour Jacob, un ancien militaire était un homme de confiance, et qu'un étranger était forcément louche. Et après, on s'étonnait du nombre de personnes qui rejoignaient le mouvement anarchiste… Il suffisait de fréquenter ces messieurs de la police pour comprendre cet engouement !

— Mais encore, Auguste ?

— Il confirme les dires du sieur Tulipe, lui aussi a vu ce couple de marginaux se quereller. Tout comme M. Eschalier, celui qui tient le Comptoir parisien de l'île Barbe. Il m'a déclaré que le couple s'était attablé dans son établissement. Ils auraient bu une demi-bouteille de vin, et ce, en plein après-midi ! Voyez les mœurs de ces gens ! Où va-t-on, monsieur le commissaire ?

J'avais envie de lui répondre que pour ma part, c'était chez moi que j'aimerais bien aller. Mais je devais avouer que d'un coup, leur conversation m'intéressait. Non pas sur le déroulé de l'enquête en elle-même, simplement sur leur raisonnement de condés et cette façon de juger les autres, la populace.

— J'ai continué le tour des commerces de l'île. Nos deux individus étaient bien présents là-bas, et ils se sont bien fait remarquer aussi ! Mme Ponchon, épicière de son état, a bien reconnu la femme d'après les photographies du sieur Bernoud que j'avais sur moi. Elle m'a d'ailleurs confié qu'à chaque fois que la femme venait, toujours pour un acheter une babiole, dépenser deux fois rien, il manquait toujours des choses dans ses tiroirs après son passage. Et cette brave commerçante ne peut pas avoir les yeux partout. Puis… ces gens-là savent y faire !

Mon Dieu, en qui je n'ai jamais cru par ailleurs, comment était-ce possible ? Sous les paroles de cet homme, la pauvre créature qui gisait démembrée sur la dalle de pierre passait du statut de victime, à celui de coupable. Voilà donc les sentiments d'humanité qui habitaient les hommes à l'aube du xxe siècle...

— Est-ce que vos témoins vous ont parlé d'un bagage que l'homme aurait porté ?

— J'allais justement y venir ! Oui, et celui-ci était fermé par un fil de fer qui ressemble étrangement à celui du sac ! Nous les tenons !

— Si c'est eux, nous tenons déjà la femme, qui une est pauvre victime, si je puis me permettre.

Morin et Jacob virèrent au violacé, ma réplique n'avait pas l'air de les avoir séduits. Pourquoi fallait-il toujours que je parle comme ça ? Cela allait finir par me porter malheur.

— Pardonnez donc Ange-Clément, messieurs. Je suis certain qu'il n'a pas voulu vous provoquer. La fougue de la jeunesse qui peine à réfléchir avant de parler ! Cela ne se reproduira pas. Et continuez, je vous en prie, il est fort intéressant de voir l'avancée de vos investigations, je vous félicite.

Je remerciais du regard Lacassagne, tandis que Morin relançait son subordonné.

— Vous ont-ils décrit le bagage ?

— Tout à fait, il portait un carnier de chasse, garni d'une poche en filet à franges. Certainement qu'un tel personnage est aussi braconnier…

— Un carnier de chasse ?

— Tout à fait, monsieur le commissaire.

— Ah, nous avons là une anomalie… Un premier témoin me parle d'une valise, un second d'un simple sac de nuit, et à vous, on vous décrit un carnier de chasse. Voilà qui est dérangeant…

Ce qui me dérangeait le plus, mais je me retins de le dire, c'était que l'on prenne pour parole d'Évangile les témoignages de ces personnes. Les deux autres étaient des marginaux à leurs yeux, ceux-là de braves commerçants, artisans ou retraités qui prenaient à cœur d'informer la police.

Combien de fois avais-je déjà croisé ce genre de personnages ? Cette façon de juger celui qui était différent… Lors de la période où je vécus au cœur des Apaches, j'avais pu me rendre compte que l'image qui était véhiculée par un individu, sa façon de vivre, en faisait aux yeux des bien-pensants des coupables nés.

Ils ne se rendaient même pas compte, tous les bourgeois, que si les Apaches étaient nés, c'était leur faute ! Bien sûr, il y avait de véritables criminels, de la vraie fleur de bagne dans les rangs. Personne ne s'était interrogé de savoir le pourquoi ?

Pourquoi des fils de bonne famille, des ouvriers glissaient vers les Apaches ?

Ils en avaient peut-être assez d'être traités comme des moins-que-rien ! Un mouvement de révolte contre les gonciers[5], tout simplement. Ce n'était pas simplement de la délinquance d'être Apache, mais une certaine forme de contestation de l'ordre social qui n'offrait pas d'avenir à la jeunesse. Mais tout cela, engoncé dans les préjugés, ils ne pouvaient le comprendre !

Perdu dans mes pensées et ma colère, j'avais perdu le fil de la discussion qui semblait dorénavant captiver Lacassagne.

— Guerrier ?

— Oui, c'est le nom de cette femme qui demeure quai de Guire, elle y a une maison où elle loue des chambres garnies. Juste à côté se trouve une bâtisse qui est en construction. Et depuis plus d'un mois, peut-être même deux, des pierres y sont stockées. Des pierres semblables à celles que nous avons trouvées dans le sac, qui lestaient le cadavre.

Morin était tout sourire, il voyait la résolution de l'affaire en ligne de mire.

— Et cette Guerrier, elle confirme la présence du couple chez elle ?

— Malheureusement non, monsieur le commissaire, elle était absente. Je dois retourner la voir demain.

5. Bourgeois facile à tromper.

Mais de toute façon, c'est bien un étranger qui est l'origine de cet horrible crime !

J'eus la chance que Lacassagne fût aussi curieux que moi, cela m'évita de questionner.

— Et pourquoi donc, monsieur le sous-inspecteur ?

— Je suis retourné sur les lieux de la découverte du sac, puis au pont. Il n'est pas possible que le corps ait été jeté de là. Vu la profondeur, il aurait coulé à pic, et nous ne l'aurions jamais retrouvé. Une personne du cru aurait fait cela. Là, nous avons affaire à quelqu'un qui ne connaît pas les lieux…

Lacassagne n'avait pas l'air plus convaincu que cela, Morin opinait du chef. Personnellement, je n'attendais qu'une chose : que les deux policiers s'en aillent et nous libèrent. La morgue flottante était fermée au public depuis déjà longtemps. Comme ni Lacassagne ni moi ne relancions la conversation, ils décidèrent enfin de partir.

— Ange-Clément, que faites-vous ce soir ?

Moi qui comptais rentrer et lire un livre au coin du feu, voilà que monsieur le médecin désirait me faire encore travailler.

— Je n'ai rien de prévu...

— Très bien, mon épouse est partie à la campagne. Je suis seul ce soir, et notre gouvernante prépare toujours des repas trop copieux. Que diriez-vous de partager mon dîner ? Cela me permettra de vous connaître un peu plus…

Lacassagne m'invitait chez lui ! Je ne me voyais pas refuser, premièrement cela aurait été impoli de ma part, et deuxièmement, j'avais envie de voir dans quel genre de lieux pouvait vivre un homme tel que lui…

9

Nous enfilâmes nos manteaux et sortîmes de la platte. Les températures étaient encore vraiment basses. La rampe de l'embarcadère brillait sous le givre, nous prenions garde à ne point glisser. Le domicile de Lacassagne n'était pas bien loin de la morgue flottante, nous n'avions pas mis dix minutes pour rejoindre la place Raspail où il demeurait.

Un bel appartement au premier étage d'un immeuble bourgeois. La première chose qui me sauta aux yeux lorsque nous passâmes la porte, ce fut cette espèce de capharnaüm ambiant. C'était une sorte de mélange de meubles cossus, richement ouvragés, et de choses diverses et variées que l'on ne s'attendait pas à trouver chez cet homme.

Trônait en belle place dans la pièce qui servait de salle à manger, une bibliothèque massive pleine d'ouvrages médicaux.

— Observez, mon jeune ami, observez…

Je me sentis idiot, étais-je impoli à ce point qu'il en fut outré ?

— Je vous demande pardon, je ne voulais pas être désobligeant, paraître curieux…

— Ne vous méprenez pas ! Surtout pas ! En aucun cas je ne vous fais une remontrance, bien au contraire ! Dans ce sacerdoce qui est le nôtre, la médecine judiciaire, l'observation est une des clés de la réussite ! Et je ne vous parle même pas de la curiosité… que serait notre science sans la curiosité ? Je vous le demande ?

— Je ne sais pas…

— Si je vous ai convié, c'est pour mieux vous connaître. C'est vrai, je ne sais pas grand-chose de vous… Tenez, nous allons faire quelque chose si vous le souhaitez…

— Quoi donc ?

— Vous allez m'appeler par mon prénom ! Attention, ici, chez moi… dès que nous nous retrouverons en la morgue flottante, ou tout autre lieu de travail, vous reprendrez le professeur, cela vous convient ?

Je le regardais, quelque peu interloqué, je ne m'attendais pas trop à ce genre de demande. Je ne savais pas d'ailleurs pourquoi j'étais légèrement gêné. Dans le milieu d'où je venais, le surnom, au pire le prénom, était de mise, le titre ou le patronyme était le parler des bourgeois, pas celui des Apaches ! Mais le professeur Lacassagne m'en imposait. Par son érudition, sa force de travail, son génie, car oui, il était un véritable génie. Un inventeur, un précurseur.

— Alors, Ange-Clément, j'attends une réponse…

— C'est d'accord, Alexandre…

— Alors en ce cas, pour ce soir et les autres qui viendront, c'est Alexandre ! Pour en revenir à ce que je vous demandais il y a quelques minutes, vous pensez quoi de la curiosité ?

Il se leva, sortit deux verres, nous versa du vin.

— Vous aimez le Mariani ? C'est un confrère pharmacien qui l'a créé, Angelo Mariani. Il fait macérer des feuilles de coca dans du vin de Bordeaux. C'est un chaud rayon de soleil de la Méditerranée dans votre verre ! Même notre bon pape Léon XIII en déguste de temps à autre…

J'opinai du chef et profitai de ce temps de répit afin de réfléchir à ma réponse.

— Si nous n'avons pas la curiosité lors de l'examen d'un cadavre, nous pouvons passer à côté d'éléments importants…

Il but une gorgée en me regardant d'un œil amusé.

— On peut dire cela, vous avez raison. Je dirais même que j'ai cette curiosité parce que j'aime comprendre. Vous voyez, dans l'affaire de cette femme, je veux savoir pourquoi son meurtrier lui a coupé les jambes. La raison de la mutilation…

— Et pourquoi il l'a tuée, cela ne vous intéresse pas ? Vous ne voulez pas savoir ?

— Ce n'est pas la réponse la plus importante de l'énigme, et c'est plus le travail de Morin et de ses acolytes. Tiens, d'ailleurs, quand je vous ai proposé de devenir mon assistant, pourquoi avez-vous accepté ?

Ce n'est pas l'une des vocations que l'on croise le plus sur les pavés de Lyon…

— On va dire que même si mes idées politiques, ma vision de l'anarchisme ne m'ont pas quitté, j'en avais marre de la marginalité. J'en avais assez d'être regardé de travers, de dormir dans la rue, de devoir me battre sans cesse pour survivre. Alors votre proposition, je l'ai prise comme un signe du destin… c'est tout.

— Vous vous attendiez à ce genre de tâches ? Voir et découper des cadavres ?

— En aucun cas… Vous m'aviez dit être médecin, je pensais faire l'infirmier.

Il partit d'un grand éclat de rire, quand il fut calmé, il reprit :

— En effet, ce que je vous offre là est bien différent. Et cela a tout de même l'air de vous intéresser, non ?

— Cela me passionne même ! La médecine légale charme mon esprit et excite d'une façon mystérieuse ma curiosité. Je considère cette science, que je ne connaissais pas il y a encore peu, comme un Sphinx détenteur des plus merveilleux secrets de notre corps, et qui changera au fur et à mesure la vision de la police…

— J'aime beaucoup votre façon de voir les choses, j'aurais presque pu avoir cette définition moi-même. Bien que sortant de la bouche d'un homme qui se dit anarchiste, cela me prête à sourire un peu…

— Parce que l'on n'a pas la même vision de l'anarchisme. Moi, j'y vois une plus grande équité entre les hommes, la justice régner. Et si votre science d'ouvrir les cadavres peut permettre de trouver les vrais coupables, je ne peux être que fasciné par sa pratique. Combien de types innocents moisissent au bagne parce qu'ils ont été accusés d'un crime qu'ils n'ont pas commis ? Ce que vous faites permet de savoir qui, comment pourquoi ! Et ça, ça me plaît… Tenez, vous voulez que je vous dise quelque chose qui me chagrine ?

— Allez-y…

— Je ne sais pas si ce grand type d'origine italienne est coupable, si c'est bien sa compagne qui se trouve allongée sur une dalle au beau milieu de la platte. Peut-être, peut-être pas. Toujours est-il que tous, les témoins, Morin, Jacob, ont déjà décidé qu'il était coupable. Alors, dans l'hypothèse où il soit innocent, votre science peut certainement lui éviter le bagne !

— Notre Art, pas notre science, notre Art, Ange-Clément. Et si nous passions à table ?

Une vieille femme venait de déposer deux assiettes fumantes sur la grande table. Nous nous levâmes pour rejoindre nos places.

— Ange-Clément, vous me direz ce que vous pensez de la cuisine d'Ernestine, elle est l'une des meilleures cuisinières de Lyon ! Ses quenelles sont savoureuses…

Je goûtai le plat en prenant soin de ne point me brûler.

— Elles sont tout bonnement délicieuses…

— De la panade à la sauce Nantua, Ernestine fait tout elle-même. Elle embaume notre cuisine à longueur de journée. Dites-moi donc comment vous êtes arrivé dans les ruelles malfamées dans lesquelles je vous ai connu ?

— Les aléas de la vie… Je suis originaire de Paris, enfin juste à côté, Saint-Ouen. Quand j'eus mes quinze ans, mes parents m'ont trouvé un travail, ils n'avaient pas les moyens de me nourrir. J'ai commencé comme coursier pour un imprimeur. Puis je suis devenu apprenti, j'ai appris la profession. J'ai découvert un métier fabuleux, imprimé les mots pour que les gens puissent lire, accéder à la culture, aux informations. Oui, mon cher Alexandre, comme vous l'avez deviné je sais lire… Ensuite, le malheur s'en est un peu mêlé. Mes parents sont décédés et la même année, mon patron a fait faillite. Je me suis retrouvé sans rien. Je traînais du côté des fortifications, c'est là que j'ai connu les Apaches. J'ai appris à voler, à me battre, à survivre… La société ne voulait plus de moi, j'ai commencé à la détester. Doucement je me suis rapproché du mouvement anarchiste. Comme je savais écrire, que j'étais capable de rédiger des petits textes, j'ai commencé à faire des piges pour des feuilles de chou.

Sans qu'on lui demande quoi que ce soit, et alors que nos assiettes n'étaient point encore vides, Ernestine était venue nous servir à nouveau. Je me tus quelques instants, le temps de manger, puis repris :

— Un jour, je suis tombé sur *Le Révolté*, un journal dans lequel écrivait Jean Grave, je ne sais pas si le nom vous dit quelque chose. J'admirais ses textes, bien au-dessus des miens. Et surtout, je me retrouvais dedans. J'ai réussi à le rencontrer. Nous avons sympathisé, il m'a dit qu'il y avait des choses à faire à la fédération de l'Est, d'aller à Lyon, de demander Lucien Bordat, il revendait *Le Révolté*, il me dirait quoi faire.

— Vous êtes donc un Parisien… et ensuite ?

— Ensuite, j'ai rédigé quelques textes pour Bordat et d'autres, mais dans la mouvance anarchiste, il y a des divergences, nous n'étions pas forcément tous d'accord. Puis je ne travaillais pas, j'avais besoin de manger, alors, j'ai fait ce que je savais faire : j'ai volé… j'ai bu aussi, un peu trop. En fait, le soir ou nous nous sommes rencontrés, je vous ai certes sauvé la vie, mais vous en avez fait de même, j'étais sur la mauvaise pente. J'allais renouer avec mes vieux démons.

— Quels démons ?

Je venais de finir mon plat, le fond de l'assiette m'apparut et m'interloqua. Ce qui m'arrangeait aussi, n'ayant pas envie de lui raconter certains côtés sombres de ma personne.

— Alexandre… comment ?

— Vous voulez parler de l'assiette, Ange-Clément ?

— Oui… elle est… extravagante, non, étonnante !

L'objet était en porcelaine blanche et ce n'était pas le liseré d'ornement qui m'intriguait, mais le motif reproduit au centre. Un tatouage… quatre initiales, une fleur et deux mains dont les doigts étaient entremêlés.

— Mon jeune ami… Je vous ai convié à venir dîner chez moi, dans… mon intimité. Si je l'ai fait, c'est que je sais que vous tairez tout ce que vous voyez en ces murs.

J'étais honoré de l'estime que me portait le professeur Lacassagne. Lui qui avait certaines idées bien arrêtées sur l'homme, les criminels. Et il me faisait confiance, à moi, Ange-Clément Huin, ancien moins-que-rien pour certains, avec un lourd passé d'Apache, dont il ne connaissait pas tout.

— Je suis certain que vous aimeriez connaître le secret de ces assiettes ?

— Cela va de soi, mon cher Alexandre !

— J'ai rendu un service à une personne, il y a déjà quelque temps. Cet homme voulait me remercier à tout prix. Il n'est pas d'ici, mais de Sarreguemines, il occupe un poste important au sein de la faïencerie. Il m'a proposé de me faire un service de table unique. Sur le coup, je n'ai pas vraiment été persuadé que c'était une bonne idée. Puis, je me suis dit pourquoi pas ? Avec certains tatouages, cela pourrait être magnifique, ne trouvez-vous pas ?

— Il est vrai que c'est… assez spécial. Comment choisissez-vous le motif ?

J'ai toujours été un garçon franc. Je ne me voyais pas lui dire que je trouvais cela particulièrement de mauvais goût, je ne voulais pas le vexer, alors je préférai répondre par une question.

— Des condamnés à mort… ce ne sont que des tatouages d'hommes qui furent guillotinés. Cet homme était marin, originaire d'Alexandrie. Maintenant qu'elle est vide, soulevez-la donc et regardez…

Je m'exécutai et observai le dos de l'assiette. Autour était inscrit en lettres bleues : « Collection de tatouages du professeur de médecine légale A. Lacassagne faculté de médecine de Lyon », suivi de l'année de fabrication. Je pouvais remarquer aussi un dessin, comme un sceau, certainement issu lui aussi d'un tatouage, qui représentait un crâne.

Je pus me rendre compte au long de cette soirée que Lacassagne était un étrange personnage. Il disposait d'une intelligence au-dessus de la moyenne, d'une immense culture, d'un charisme formidable, et était capable de bizarreries et d'extravagances.

Je ne savais pas encore à cette époque que je n'avais pas fini de découvrir un homme étonnant…

10

Enfin nous avions un nom à mettre sur le corps de l'île Barbe !

Sur ordre de Lacassagne, je devais vérifier régulièrement que le morceau d'étoffe cachant les parties les plus mutilées soit toujours en place. J'étais justement dans la pièce lorsqu'une femme entra, elle s'approcha du cadavre et s'écria : « Mon Dieu ! » Je la soutins afin qu'elle ne tombât pas.

— Vous la connaissez ?

— Oui, bien sûr ! C'est ma belle-mère…

Et la pauvre femme se mit à pleurer.

Lacassagne et Delaigue, alertés par les cris et sanglots, nous rejoignirent.

— Êtes-vous bien certaine de reconnaître cette personne ? Son visage est malheureusement bien abîmé. Aucune erreur n'est possible ?

— Aucune, monsieur. Aucune. C'est bien la mère de mon époux.

Le père Delaigue la pria de le suivre jusqu'à son bureau afin de préparer la déposition pour Morin, prendre au minimum son identité. Mais la femme partit telle une démente de la morgue flottante. Le professeur et moi-même aurions dû nous inquiéter d'un tel comportement. Ce fut impossible vu la tête que faisait notre pauvre Delaigue en regardant la fuyarde courir telle une dératée sur le quai. Nous prîmes le parti d'en rire, certainement nos nerfs qui étaient mis à rude épreuve.

***

Alors que nous étions passés à d'autres occupations, la mort nous laissait bien peu de temps libre, nous vîmes revenir la dame du matin accompagnée d'un homme.

— Messieurs, je vous prie d'excuser mon comportement de tout à l'heure. Mettons-le sur le choc de ce que j'ai vu en ce lieu…

— Madame, vous êtes toute pardonnée. Vous êtes ?

— Je manque décidément à tous mes devoirs… Mme Collet, accoucheuse de profession, domiciliée au 199 de l'avenue de Saxe.

— Il suffit ! Je n'ai que faire de toutes ces politesses ! Montrez-moi donc ce corps que je voie de mes yeux s'il s'agit bien de ma pauvre mère…

L'homme pouvait passer pour arrogant, nous ne pouvions cependant lui en vouloir si c'était bien sa génitrice qui reposait sur la platte. Nous le conduisîmes jusqu'à la salle de reconnaissance. Le docteur Coutagne était présent, c'est lui qui présenta le tronçon. Il prit son devoir à cœur, les pressant de questions.

— Avant de me donner une réponse, même si cela est douloureux, je vous demande de bien observer cette pauvre dépouille. Je sais qu'elle est défigurée, que l'on peut douter de reconnaître formellement un être cher. Une personne que l'on a aimée. Prenez bien le temps de la réflexion.

Ça, pour être défigurée, elle l'était. Outre les plaies qu'elle avait déjà en arrivant, la décomposition commençait son œuvre néfaste. Le visage avait pris une couleur verdâtre qui n'était pas des plus ragoûtantes. Les yeux avaient encore gonflé, ils devaient faire plus du double de leur taille normale. Sans parler de la blessure à la bouche qui coulait et laisser échapper une odeur nauséabonde. Si nous, nous y étions habitués, il n'en était pas de même pour ce jeune couple. Malgré cela, aucun des deux ne quittait le cadavre du regard.

— C'est bien elle ! Oh oui, mon Dieu, c'est bien ma pauvre mère…

— Vous en êtes certain ?

— Monsieur ! Un peu de décence je vous prie. Vous pensez que je ne saurais reconnaître celle qui m'a donné le jour, le sein et qui m'a élevé ?

— Non, monsieur Collet, je ne me permettrais pas. Si je suis insistant, c'est parce que je sais que le corps est corrompu et qu'il peut donc vous induire en erreur.

— Comme j'aimerais me tromper… Malheureusement, ce n'est pas le cas. C'est bien ma pauvre maman qui a disparu depuis plus d'un mois maintenant. Plus personne ne l'a vue rue de la Monnaie où elle demeurait.

— Madame votre mère avait-elle un signe particulier ?

— Que voulez-vous dire par là ?

— Si par exemple elle avait l'habitude de porter des bijoux. Bijoux dont elle ne se séparait jamais…

— Je comprends mieux votre question. En effet, mère avait toujours au doigt un diamant de belle valeur. De même, ses oreilles étaient ornées de boucles qui valaient une petite richesse. Elle ne les quittait jamais.

— À quel doigt madame votre mère portait sa pierre ?

— L'annulaire gauche, monsieur. Cela vous aide ?

— Je ne sais pas vraiment, mais je vous remercie… M. Delaigue va vous conduire auprès de M. Vial, le juge d'instruction qui a la charge de l'affaire. Avant cela, j'aurais, si vous le permettez une dernière question.

— Faites donc.

— Êtes-vous en famille avec les hôteliers Collet[6] ?

— Bien sûr ! Mère n'est autre que la belle-sœur du fondateur !

---

6. À cette époque, l'hôtel Collet était l'un des plus importants et réputés de Lyon.

Delaigue venait de mettre son feutre et d'enfiler son manteau. Il invita le couple à le suivre vers le palais de justice.

Nous restâmes, Coutagne, Lacassagne et moi-même, auprès de la dépouille.

— Alexandre, voici une résidente identifiée, non ?

Lacassagne regarda son confrère, fit une moue que je qualifierais de dubitative, se tourna vers le cadavre et ne dit mot.

— Vous n'êtes point de mon avis, si je comprends bien ?

— Si votre question sur l'emplacement de la bague était fort judicieuse, et que celui-ci correspond à la blessure d'arrachement, j'ai cependant un gros doute sur cette identification…

— Alexandre, ne faites pas l'enfant ! Dites ce qui vous dérange dans ce témoignage !

— Ange-Clément, mon jeune ami, n'y a-t-il rien qui vous gêne dans ce que nous venons d'entendre ?

— Encore à se référer à ce voyou ! Cela m'horripile, mon ami, vous ne pouvez savoir ! Que vous, avec votre science, ayez trouvé une incohérence, je peux l'entendre. Mais lui…

Lacassagne se tourna vers moi, haussa les sourcils en souriant. Moi aussi quelque chose me chagrinait dans cette histoire, j'espérais juste que cela soit le même détail que mon maître, sinon Coutagne se ferait un plaisir de me laminer devant lui.

— Oui, il est un point qui me fait dire que cette personne qui repose là ne peut être la dame Collet mentionnée par ce couple. Les deux éminents médecins que vous êtes avez, lors de l'autopsie, conclu que cette pauvre femme devait être âgée de trente à trente-cinq années. D'ailleurs, si ma mémoire ne me fait pas défaut, c'est vous, docteur Coutagne, qui en avez fait l'hypothèse. Si la femme qui était présente il y a quelques minutes est de mon âge, son époux, le fils, soi-disant, de notre inconnue, a lui atteint la trentaine. Et il me semble que l'on ne peut raisonnablement avoir l'âge de sa mère, non ?

Lacassagne se mit à rire de bon cœur, Coutagne, lui, apprécia moins ma repartie, il sortit en claquant la porte derrière lui.

— Nous allons tout de même arrêter les visites pour ce jour. Une identification est en cours, c'est la procédure. Renvoyez donc ces gens chez eux, mon garçon. Dites-leur qu'ils suivent la suite de cette affaire dans *Le Progrès*.

Je ne comprenais pas pourquoi je devais dire aux badauds de lire le journal…

— Pourquoi *Le Progrès* ?

— Mais simplement, mon jeune ami, parce que les journalistes parlent chaque jour de l'affaire ! Et si, je dis bien si, vous comme moi n'y croyons pas, cette femme est la dame Collet, ce sera dans *Le Progrès*. Tout comme si c'est une erreur, et en ce cas, les vautours pourront venir à nouveau se repaître du spectacle !

11

Je n'avais pas revu le docteur Coutagne, il me fuyait comme la peste. Je devais avouer que j'avais pris grand plaisir à lui répondre de la sorte. Depuis le temps qu'il tentait sans cesse de me rabaisser. Une fois de plus, je l'avais fait taire, pas de la façon la plus respectueuse qui soit, certes, mais il n'avait qu'à se rappeler ses propres dires.

Même s'il nous semblait qu'il fût impossible que le cadavre de notre inconnue soit cette dame Collet, une enquête avait lieu pour tenter de le démontrer. Les investigations, dont nous parla le commissaire Morin lors de ses visites, nous donnèrent une autre vision du couple éploré que nous avions vu à la morgue flottante.

Morin était amusé par le personnage qu'était Collet. Il fallait dire qu'il n'avait pas eu à l'entendre. S'occupant de l'affaire à Saint-Rambert et à Caluire, il avait délégué l'audition à Billard, un inspecteur du service de la Sûreté.

Le fils fit au juge Vial une déposition où il narra les relations qu'il avait avec sa mère. Celles-ci semblaient bien différentes de celles qu'il nous avait laissé entendre. L'homme était en effet fâché depuis quelque temps avec sa génitrice, il ne savait même pas où elle demeurait actuellement ! Il était donc normal que ses voisins de la rue de la Monnaie ne l'aient plus vue depuis des semaines, elle n'y habitait plus… Il ne pouvait donc donner aucun renseignement sur les derniers jours de sa vie.

Il était en procès avec sa mère, ne la fréquentait plus depuis des mois. En fait, le seul signalement fiable qu'il était capable de faire, c'était de lister les bijoux de valeur de Mme Collet. Il y avait bien sûr les boucles d'oreilles et le diamant dont il nous avait parlé, mais aussi une autre bague, dont le chaton était orné de perles et d'une pierre précieuse violette, et une montre en or. Je n'avais osé dire, lors de cette conversation, que ce pauvre hère semblait plus attristé par les disparitions de la joncaille que de sa mère, mais je me tus. Billard devait avoir les mêmes pensées que moi. Ne pouvant se fier au témoignage de Collet, l'inspecteur fit venir en ses bureaux un autre membre de la famille, un gendre de Mme Collet domicilié à Vaise.

Celui-ci ne se sentait pas la force de voir le cadavre, ce qui pouvait aisément se comprendre. Billard lui présenta les photographies de la victime prises par Bernoud. Et l'homme confirma, c'était bien là la veuve Collet qui était morte !

Lorsque Morin nous raconta cela, je vis le docteur Coutagne sourire et me fixer. L'heure de sa vengeance n'allait pas tarder à sonner, et il saurait me rendre mon effronterie au centuple, je le sentais. Il interrompit le commissaire :

— C'est donc bien Mme Collet qui repose ici ?

— Ne soyez donc pas si impatient, docteur ! Laissez-moi donc finir mon histoire... Le gendre ne savait pas plus nous informer que le fils. Lui non plus ne connaissait pas la dernière adresse de Mme Collet. Nous en étions en fait toujours au même point. C'était sans compter sur l'inspecteur Billard. Billard est un très bon élément, un véritable limier. Lorsqu'il tient un os, il ne le lâche pas, il le ronge ! À force de recherches, il a réussi à trouver la personne qui avait en charge les affaires de Mme Collet. Un avoué du nom de Ducreux qui a étude au quai de l'Archevêché. La pauvre femme n'avait plus de fortune depuis longtemps. Elle n'était pas loin d'être ruinée pour tout dire. L'avoué avait une adresse plus récente que la rue de la Monnaie à Lyon : au 30 de la montée Saint-Sébastien. Mais là aussi nous fîmes chou blanc. Elle avait quitté les lieux !

Morin aurait fait un bon conteur, enfin, c'est ce qu'il croyait, pour ma part je trouvais qu'il parlait trop. Il fit une pause, nous toisa afin de voir si nous étions suspendus à ses lèvres. Pour Coutagne, c'était le cas, je voyais bien que Lacassagne, une fois de plus, s'ennuyait tout autant que moi.

— Billard apprit que la dame Collet recevait fréquemment du courrier de Chambéry. Les services de la Poste confirmèrent et précisèrent que la date de son déménagement, le 28 décembre, elle avait reçu un télégramme de la même ville. Des facteurs vinrent prendre ses bagages et les expédièrent à la gare de la Mouche, chef-lieu de la Savoie.

Si en plus il commençait à nous donner des cours de géographie, nous n'étions pas sortis de l'auberge... Lacassagne sortit sa montre à gousset, regarda l'heure, soupira. Morin le regarda.

— Ne vous inquiétez pas, professeur, je suis presque à la fin de mon récit, et croyez-moi, il vaut bien d'être entendu ! À ce moment, nous savons que trois personnes identifient formellement une personne qui leur fut très proche. Cette femme n'avait plus d'argent, mais disposait encore de bijoux de prix, le vol pourrait donc être le motif de cet ignoble meurtre. Si elle est bien notre victime. Si ce n'est un détail qui ne colle pas vraiment, vous avez estimé, messieurs, l'âge de la défunte entre trente et trente-cinq ans, et la veuve Collet est âgée de cinquante-huit ans. Mais peut-être, vu le délabrement de la dépouille, vous avez commis une erreur...

— Nous ne pouvons jamais être certains, surtout dans le cas de corps corrompus, intervint Coutagne, trop heureux de la tournure des événements.

— Ce qui est bien compréhensible. Mais vous n'êtes pas sans savoir que « Le crime mystérieux de l'île Barbe » défraie la chronique et fait écrire des journalistes de tous horizons… et l'on trouve la presse un peu partout, vous êtes bien d'accord ?

Nous certifiâmes être de son avis, ayant hâte d'avoir le dénouement de son histoire…

— J'ai reçu ce jour un télégramme de mon confrère de Chambéry que je vous lis !

Il fouilla la poche intérieure de son veston, et d'un geste théâtral déplia la missive.

— « Mon cher collègue. J'ai reçu ce jour en mon bureau Mme veuve Collet, née Anne-Eugénie Rajon, habitant Chambéry qui a lu dans le *Lyon-Républicain*, un article sur le crime mystérieux de l'île Barbe. Elle me prie de vous faire savoir qu'elle est en bonne santé, qu'on l'a désignée bien à tort comme la victime. Elle désire que la plus grande publicité soit donnée à cette nouvelle pour tranquilliser sa famille et ses amis. Je compte sur votre sérieux pour faire ce qu'il se doit. » Le reste n'est que politesses entre forces de l'ordre. Ah, elle est belle la famille qui est certaine de reconnaître l'un de ses membres !

Il partit d'un grand rire, fier de son effet. Pour ma part, je ne trouvais pas ça amusant…

J'aurais aimé que le corps fût enfin identifié. Cela me tenait plus à cœur que de même connaître le coupable. Simplement parce que j'estimais que ceux qui aimaient cette personne puissent faire leur deuil. Que cette femme puisse avoir une sépulture…

12

Il était une chose que j'avais apprise lors de ma vie, dans mon passé «tumultueux», c'était que quand les condés n'avaient aucune piste, que cela soit pour un vol, une agression ou un meurtre, ils usaient d'un grand classique : le marginal et l'étranger. Si le marginal était en plus un étranger, c'était jour de fête pour la police…

Je l'avais vu pratiquement chaque jour, et l'avais vécu à plusieurs reprises. Si j'avais à citer tous les actes arbitraires dont je fus injustement la victime, je pourrais remplir à moi seul ce carnet noir ! Je fis à cette époque comme le lion : je dédaignais les moustiques et toutes les autres vilaines mouches sans miel, desquels je ne connaissais que trop le bourdonnement et la piqûre. Le miel, il y avait peu que j'y goûtais…

Il était tellement plus facile de se focaliser sur ceux qui ne vivaient pas comme les autres, en dehors de la société. D'accord, certains étaient véritablement coupables, je le concédais sans problème, mais combien d'innocents condamnés sur un délit de faciès ?

Combien de pauvres hères moisissaient au bagne ?

Cette phrase, je me la répétais souvent, certainement trop, ayant échappé de peu à un voyage vers Cayenne. J'eus la chance, alors que j'étais « relégué[7] » à Saint-Martin-du-Ré[8], de pouvoir jouer la fille de l'air lors d'une « promenade ». Cela ne se fit pas sans dommages collatéraux, mais j'y avais retrouvé la liberté, et évité la mort en tant que forçat…

Je ruminais tout cela en écoutant le père Delaigue me résumer ce qu'il venait de lire dans l'édition du *Progrès* du jour.

— Comme je te le dis, Ange-Clément, comme la piste Collet est morte et enterrée, si je puis me permettre cet à-peu-près, la police revient sur la piste du moustachu…

— Ils ont quelque chose de nouveau ?

— Un dénommé Villaz, qui travaille à la teinturerie Gillet, est allé témoigner. Il aurait vu, en allant à l'usine, une voiture de saltimbanques, juste en face de l'endroit où l'on a repêché la malheureuse. Près du cheval qui tirait la carriole, un homme, grand, brun, avec la moustache. Comme celui qu'a vu Tulipe l'ébéniste…

---

7. Peine complémentaire frappant les récidivistes par laquelle un condamné est obligé de résider (relégation individuelle) ou est interné (relégation collective) hors du territoire métropolitain. La relégation était une institution qui avait pour but de débarrasser la métropole de certains condamnés particulièrement dangereux.

8. À partir de 1873, Sain-Martin-de-Ré devient l'unique dépôt de condamnés destinés aux colonies pénitentiaires de Guyane et de Nouvelle-Calédonie, d'où son surnom de « l'antichambre des bagnes ».

— Facile d'accuser un homme dont on ne sait rien du tout…

— Pourquoi le défends-tu comme ça ?

— Je ne le défends pas, je trouve que l'on accuse cet individu un peu trop facilement. Et vous allez voir, père Delaigue, si en plus d'être Italien, il est saltimbanque, certains vont s'acharner contre lui ! Tiens, d'ailleurs, pourquoi saltimbanque ?

— Parce que M. Villaz m'a décrit une roulotte en bois, avec de petites fenêtres, un balcon sur le devant, avec une porte donnant sur ce balcon. Outre les saltimbanques, Tziganes et autres bohémiens, vous connaissez d'autres personnes ayant des verdines ? Qu'avez-vous donc à vouloir prendre la défense de cet homme, et mettre en doute mon travail ?

Le sous-inspecteur Jacob se tenait dans l'embrasure de la porte. Delaigue et moi-même ne l'avions entendu approcher. Le condé était un habitué de ce genre de pratique. Surprendre, arriver à pas de loup afin de pouvoir écouter les conversations en toute discrétion, et s'en mêler avec un ton autoritaire que tout le monde pouvait entendre aux alentours. Cela faisait partie de ses passe-temps préférés. Si l'on avait l'outrecuidance de le lui faire remarquer, aussitôt il s'emportait : « Si cela vous dérange, c'est que vous avez des choses à cacher ! Nul ne doit être gêné que l'on entende ses dires ! »

— Je ne sais pas ce que vous avez contre l'autorité, jeune homme, mais je n'aime guère cela… ne seriez-vous pas un de ces anarchistes ?

Je ne savais comment répondre, sachant qu'il connaissait déjà mes penchants libertaires. Si je m'écoutais, que je lui donnais le fond de ma pensée, je risquais de gros problèmes, je n'avais pas intérêt à me faire trop remarquer, surtout pas de lui. Mais je n'avais jamais aimé courber l'échine devant qui que ce soit, encore moins un condé de son espèce. Ce fut l'arrivée de Lacassagne qui servit d'arbitre.

— Mais que se passe-t-il ici ? On vous entend hurler depuis l'autre bout de la platte ! Un peu de décence s'il vous plaît, messieurs ! Puis-je savoir ce qui nous vaut ce pugilat ?

— Professeur, c'est votre assistant, ce jeune malotru ose remettre en doute mon autorité, ma façon d'agir ! Si je l'écoute, je ne suis qu'un inquisiteur qui lâche sa vindicte sur les étrangers !

— Eh bien, Ange-Clément, pourquoi cette animosité contre notre ami ?

— Je n'ai aucune animosité contre personne, encore moins envers monsieur le sous-inspecteur Jacob. M. Delaigue, ici présent, peut en témoigner, ma diatribe n'était pas contre la police, mais la presse. Je parlais du fanatisme hostile propagé par certains journalistes qui ne vivent que de chantages à la peur et de diffamations.

Fausses informations parfois, passions exaltées jusqu'à la férocité distillées dans les journaux, qui, jour après jour, font croire aux lecteurs qu'untel est bien coupable, alors qu'aucun jugement, aucune preuve n'existe. Ce n'est point ma faute si monsieur le sous-inspecteur n'a pas compris le sens de tous mes mots !

— Monsieur Huin, je ne vous permets pas ! Prenez garde à vos dires… De toute façon, votre tête ne m'est pas inconnue, je suis sûr que nous nous connaissions avant que vous n'arriviez ici !

— Peut-être m'avez-vous aperçu à l'hôpital ?

— Pourquoi donc vous aurais-je vu à l'hôpital ?

— Parce que j'y étais soigné pour une vilaine blennorragie contractée dans un bordel marseillais, monsieur Jacob !

Le condé venait de passer au violacé. Bien sûr qu'il m'avait déjà croisé, moi aussi d'ailleurs, et il venait de le comprendre. Certes, je jouais un jeu dangereux à provoquer un tel homme, mais j'étais certain qu'il ne trouverait rien de compromettant sur ma personne. Nous nous fixions dans le blanc des yeux, il cherchait quoi répondre.

Lacassagne décida d'intervenir avant que cela ne finisse en duel !

— Mon cher Jacob, que nous vaut l'honneur de cette visite impromptue ?

— Si l'état de la dépouille le permet, j'aimerais que vous la conserviez encore quelques jours avant de faire procéder à l'inhumation.

— Vous savez qu'en plus des photographies, nous avons des moulages ?

— Je le sais, professeur, je sais votre professionnalisme… Nous sommes sur une piste, et je sais par expérience que de confronter un criminel à sa victime, surtout lorsque le corps est terriblement corrompu, peut provoquer des aveux.

Je ne pus m'empêcher d'intervenir.

— Vous avez un suspect ?

— Vous…

— Ange-Clément ! Il suffit !

Lacassagne venait de me rappeler à l'ordre, je m'en voulais terriblement de l'avoir déçu. Il était certain que mon comportement n'était pas des plus dignes. Le professeur me fixait, je compris ce que j'avais à faire.

— Monsieur le sous-inspecteur… je vous prie d'accepter mes plus plates excuses. Je suis nanti d'un sale caractère. Pardonnez-moi.

Jacob laissa filer quelques secondes avant de me répondre :

— Que je ne vous y reprenne plus.

Le sous-inspecteur Jacob quitta la morgue flottante sans nous saluer.

— Père Delaigue, voulez-vous nous laisser, je voudrais parler avec Ange-Clément, je vous remercie.

Delaigue approuva d'un signe de tête et sortit. Lacassagne souffla en me fixant.

— Ange-Clément, je vous apprécie beaucoup. Vous êtes un garçon intelligent, courageux, vous avez de l'esprit. Mais diantre, apprenez à vous taire ! Sachez que l'on doit, même si cela est souvent désagréable, faire profil bas devant certaines personnes ! Les respecter.

— Mon cher maître, le respect n'est pas un dû. Le respect se mérite ! Lorsque l'on est un officier de police, que l'on doit soi-disant faire régner la loi, on se doit de montrer l'exemple. Vous n'êtes pas sans savoir que le sous-inspecteur Jacob s'adonne à l'alcoolisme, qu'il traîne dans les cabarets les plus malfamés qui soient, et qu'il fait usage de son pouvoir pour abuser des femmes…

— Certes, il est vrai que la conduite de cet homme n'est pas des plus rigoureuses, c'est un fait. Mais de là à sous-entendre qu'il fréquente des bordels, vous allez un peu loin, mon jeune ami.

— C'est juste une vérité que je lui ai assénée ! Vous ne le savez peut-être pas, mais Jacob faisait le gaffe[9] dans ce genre de lieux…

— Vous êtes certain de ce que vous avancez ?

9. Faire le guet.

— Aussi certain[10] que vous êtes face à moi, professeur ! De même, cet homme si intègre, lorsqu'il est fin saoul, se vante de savoir faire disparaître une maîtresse encombrante. Il déclare : « Ce n'est pas difficile de se débarrasser d'une femme, on lui fait faire la noce, et quand elle est saoule, on lui prépare une carafe, que l'on met sur la table de nuit avec un verre ; la nuit elle a soif, et se lève pour boire, et le lendemain c'est fait[11]. » Et je devrais respecter cet homme ? Il est même une question que je me pose : pourquoi le commissaire Morin le protège autant ?

— Comment savez-vous tout cela ?

— Je le sais, c'est tout. Ça ne vous choque pas, vous ? Morin ne doit pas être bien honnête non plus ! Protéger un policier corrompu, qui en plus est l'amant de sa femme !

— Ange-Clément ! Même si tout ce vous me narrez est vrai, pensez-vous qu'il soit bon d'en faire étalage ? Vous savez, je crois que vous avez un bel avenir à mes côtés, mais pour cela, il vous faudra apprendre à tenir votre langue. Chacun peut avoir des secrets, nul besoin de les mettre sur la place publique. Et surtout, ce n'est pas votre rôle, laissez donc cela à la presse et la police, c'est leur métier, pas le vôtre. Imaginez que je fasse de même…

— Comment cela ?

---

10. Interrogatoire de Ginet Étienne, agent de police, par le commissaire spécial près de la préfecture du Rhône.

11. Plusieurs témoignages vont en ce sens lors de l'enquête de moralité qui eut lieu envers la personne d'Auguste Jacob.

— Que je dévoile au grand jour les cachotteries que je connais…

— Je ne comprends pas, professeur …

— Ange-Clément, ne jouez pas les sots, et surtout, évitez de me prendre pour un imbécile, cela me vexerait. Vous pensez vraiment que je n'ai pas compris que vous ne vous êtes jamais nommé Ange-Clément Huin ? Allons, vous qui avez tant d'esprit, comment avez-vous pu croire m'avoir berné ?

Je le regardais sans rien dire. Je commençais à bien le connaître, et savais que Lacassagne était capable de prêcher le faux pour apprendre le vrai. Il était bien plus filou et intelligent que Morin et Jacob réunis.

— Vous ne dites plus rien, mon jeune ami. Aurais-je eu raison de votre éloquence ? Vous venez des Apaches, m'avez confié avoir été emprisonné. Je ne sais pas quels actes illégaux vous avez commis, et, peu m'importe, en remerciement de ce que vous avez fait pour moi, je dirais qu'ils sont prescrits à mes yeux. Mais certainement pas à ceux des policiers… Alors si vous passez vos journées en leur compagnie, ici, je me doute que vous avez pris soin de changer d'identité, afin qu'ils ne puissent vous demander certaines explications ! En avons-nous terminé, Ange-Clément, et pouvons-nous nous remettre au travail ?

— Oui, professeur…

13

Bien sûr qu'Ange-Clément Huin n'était pas mon véritable patronyme. Je ne pouvais garder le vrai, cela aurait été trop dangereux pour ma liberté. Il était des actes que l'on me reprochait qui pouvaient encore me conduire, *a minima* en prison, *a maxima* sur l'échafaud. Alors, lorsque je rencontrai pour la première fois Alexandre Lacassagne, bien que je ne sache pas vraiment qui il était, je lui avais donné cette identité lorsque nous nous étions présentés.

Ce nom et ce prénom m'étaient venus sans que je prenne la peine d'y réfléchir. Ange-Clément était un vieil ami, nous étions nés dans le même quartier. Il fut orphelin très jeune, n'avait que moi comme ami. Il était décédé lors d'une rixe sur les fortifications. Comme beaucoup de ceux qui mouraient là-bas, son corps y était resté à pourrir. Jamais identifié, on n'avait rien à faire de ceux qui perdaient la vie en ce lieu, considérés comme la lie de la société. Ange-Clément n'était pas connu de la police, aucune note à son encontre n'avait jamais été rédigée, il n'avait aucune famille, j'étais devenu lui… la seule vérité que je lui avais donnée ce jour-là, c'était d'avoir officié dans l'imprimerie.

J'avais presque l'impression de lui rendre hommage en portant son nom. Et puis Ange, avec mon passé, je trouvais cela assez cocasse.

Quelle idée j'avais eue de croire que Lacassagne ne se doutait de rien ?

J'en étais pourtant persuadé, sombre présomptueux que j'étais à l'époque, la fougue de la jeunesse qui me faisait croire que j'étais invincible, supérieur aux autres…

Ce jour-là, celui où Lacassagne me révéla savoir que j'étais un usurpateur, nous partîmes chacun de notre côté. Lui, retrouver ses élèves pour une dissection, moi, je rejoignis Delaigue pour le seconder afin de faire régner l'ordre pour les visites de reconnaissance. Il était rare que je fusse absent aux cours, j'aimais entendre Lacassagne divulguer sa science. Il savait le faire avec humour, tout en gardant l'autorité lors des leçons d'anatomie. Mais pour une fois, je préférais me faire quelque peu oublier.

***

J'étais en train de nettoyer le sol lorsque Lacassagne réapparut.

— Eh bien, Ange-Clément, la leçon du jour n'était pas de votre goût ?

— Ce n'est pas cela, cher maître, simplement, ce pauvre Delaigue était bien débordé, j'ai préféré lui donner un peu d'aide.

— À d'autres, mon jeune ami, à d'autres… Ne vous vexez point pour ce que je vous ai dit. Tenez, enfilez votre manteau, je vous invite à déjeuner chez « la mère des amoureux ». Il est l'heure et j'ai grand faim.

Nous quittâmes la platte. Lorsque je lui demandais qui était cette mère des amoureux, il m'avait juste répondu : « C'est une surprise pour vous détendre. » Nous marchâmes pendant une bonne vingtaine de minutes avant de rejoindre le quartier des Charpennes et sa grand-rue.

— Mon jeune ami, connaissez-vous la Mère Brigousse ?

— Je n'en ai entendu que le nom, jamais je ne suis venu ici.

— Eh bien ce sera chose faite. Et surtout, je vous interdis de commander autre chose que les fameux tétons de Vénus de la Mère Brigousse !

Je le regardai, interloqué, me demandant dans quel lieu il m'avait mené.

— Des tétons de Vénus ?

— Oui, ce sont de grosses quenelles, très savoureuses, en forme de seins. Ces mamelons sont un délice, vous allez voir !

Je me rendis compte que je ne connaissais pas encore véritablement le professeur Lacassagne. Je ne l'imaginais pas venir s'encanailler en un tel endroit. Nous étions dans un quartier qui n'avait pas la meilleure des réputations, les crimes et délits y étaient monnaie courante. Pourtant, cela n'avait pas l'air d'inquiéter la clientèle nombreuse. Lacassagne commanda un pot lyonnais[12] et nos plats. Il attendit que la serveuse revienne avec le beaujolais et nous serve, avant de parler à nouveau.

— Ange-Clément… si vous ne vous étiez pas emporté face au sous-inspecteur Jacob, je n'aurais nullement fait part de ce que je savais. Si je l'ai fait, ce n'est point pour vous offusquer ou vous blesser. Bien au contraire, c'est pour prendre soin de vous. Vous êtes, avec votre caractère libertaire et belliqueux, votre pire ennemi. Prenez garde à ce que jamais vos paroles ne vous nuisent.

Je ne répondais pas, je l'écoutais, le nez dans l'assiette que la jeune venait de m'apporter.

— Il est des gens, par leur position dans la société, que l'on ne peut se mettre à dos sans raison. Surtout si soi-même on a des choses à se reprocher. Ne vous méprenez pas, je ne vous juge pas, je vous conseille.

— Et je vous en remercie, professeur.

— Vous noterez aussi que je ne vous pose aucune question sur votre passé. Je ne veux pas le connaître. Je vous apprécie en tant qu'Ange-Clément Huin. Peu m'importe ce que vous avez vécu avant. Je n'ai pas besoin de savoir. Je me doute que cela ne doit pas être honorifique,

---

12. Un pot lyonnais est une bouteille au fond très épais ayant une contenance d'exactement 46 centilitres.

on va dire que je fais avec cette part d'ombre. Que vous êtes mon seul écart avec la loi ! Et puis… nous avons tous nos petits secrets.

— Merci…

— Ne me remerciez pas. Vous m'avez sauvé la vie, sans vous, je ne serais pas en train de déguster ce mets délicieux en votre compagnie. N'imaginez surtout pas que je veuille prendre la défense du sous-inspecteur Jacob. Ce personnage me répugne aussi. Si je ne savais pas qu'il avait œuvré pour une maison close, j'avais connaissance de ses mœurs dépravées. Moi aussi, cela me peine que de tels personnages fassent respecter la loi. Qu'ils en interpellent d'autres, souvent bien plus innocents qu'eux. Mais tant que leurs comportements en notre compagnie sont dans les règles, nous ne pouvons rien y faire. Je vous en conjure, apprenez à vous maîtriser…

Je bus une gorgée de vin, réfléchis quelques instants avant de répondre :

— Vous avez très certainement raison. Je ne puis me permettre de me faire trop remarquer par cet homme. Sincèrement, je ne pense pas que mes excuses portent leurs fruits. Le mal est fait, non ?

Lacassagne prit sa serviette, s'essuya précautionneusement la commissure des lèvres et sourit.

— Ange-Clément… vous êtes un garçon rusé, je suis certain que vous saurez lui faire oublier, détourner ses soupçons. Ce qu'il faut d'ailleurs, mon jeune ami !

N'oubliez jamais que vous êtes sous ma responsabilité. Du jour au lendemain, je vous ai fait apparaître comme mon assistant. Je me porte donc garant de votre comportement et de votre honorabilité…

— Je vous promets de faire dorénavant attention et de ne point céder à la provocation et la colère.

— Puissiez-vous dire vrai…

14

Nous finîmes de déjeuner tranquillement, puis nous quittâmes l'auberge pour regagner la morgue. Il faisait froid, mais le soleil brillait en la capitale des Gaules, et c'était fort agréable. À cet instant, je ne pensais pas que la promesse que je venais de faire à Lacassagne serait de si courte durée…

Nous venions juste de sortir de la grand-rue afin de prendre un raccourci qui nous évitait un long détour, que nous vîmes un grand gaillard venir à notre rencontre. L'homme avait un cou de taureau et devait me dépasser de plus d'une tête. Son visage n'augurait rien de bon pour nos personnes.

— Doucement, les gonciers, si vous t'nez à votre peau, va falloir passer l'artiche ! Donnez-moi vos bourses ou j'vous fais goûter d'mon surin.

Le couteau qu'il tenait à la main était de bonne facture, avec une lame à vous dépecer d'un seul coup.

Le professeur Lacassagne restait calme, fixait l'individu, il prit une longue respiration.

— Nous n'avons point le sou avec nous, je vous demanderai de nous laisser suivre notre chemin !

— Fous-toi donc de ma gueule ! Avec les sapes que vous portez, je suis sûr que ce n'est pas de la monnaie de billon que vous avez dans les fouilles !

Ce fut à ce moment précis que tout dérapa. Nous étions deux, mais je ne voyais pas ce bon professeur maîtriser les techniques du combat de rue, autant dire que j'étais seul. Seulement, le type était plus costaud que moi et armé d'un chourin qu'il n'hésiterait pas à me planter dans le gras du ventre si je loupais mon coup. Je n'envisageais qu'une seule issue, qui me déplaisait quelque peu devant Lacassagne…

— Ne vous énervez pas… je vous donne ce que vous voulez.

Je mis la main à ma poche, faisant celui qui cherchait sa bourse. Lorsque je sentis mon surin d'Apache contre ma dextre, je passai mes doigts dans la crosse. D'un vif mouvement, mon poing sortit de mon manteau et le frappa à la tempe. Le crâne du voleur émit un bruit sourd à l'impact du métal. Il me regarda ébahi, se demandant comment cette arme pouvait m'appartenir, avec cette tenue, c'était impossible. Puis il vacilla et tomba lourdement sur le pavé.

— Ne perdons pas de temps, professeur, lorsqu'il se relèvera, il sera de méchante humeur. Il ne vaut mieux pas traîner dans les parages.

— Ange-Clément ! Premièrement, vous ne deviez plus céder à la colère, il me semble que ce n'est point le cas au moment présent ! Deuxièmement, que faites-vous avec cette arme de voyou sur vous ?

— Mon cher maître ! Avec tout le respect que je vous dois, je viens d'empêcher ce malandrin de vous délester de votre bourse. D'ailleurs, qui sait ce qu'il aurait fait une fois que nous lui aurions remis notre argent ? Peut-être nous aurait-il poignardés. Ce n'est point de la colère, mais juste de la légitime défense… Cela se plaide au tribunal, me semble-t-il, non ?

— Vous ne cesserez jamais de m'étonner… Je suppose que je dois vous remercier, qu'une seconde fois, vous venez encore de me sauver. Peut-être pas la vie, mais tout de même. Alors Ange-Clément, merci, mais vous savez, mon jeune ami, la violence n'est pas la clé de tout…

— Elle était la clé pour sortir de cette ruelle, professeur…

— Sûrement, mais vous ne m'avez pas répondu : que faites-vous avec cette arme dans vos poches ?

— Vous avez vu l'eustache qu'il avait en main ? Plus gros que ceux que vous utilisez pour les autopsies ! Je ne me voyais pas le recevoir dans la viande…

— Certes, mais vous avez un revolver sur vous !

— Professeur… Lorsque vous m'avez proposé de changer de vie, de faire de moi votre assistant, vous m'avez demandé de changer de tenue, de prendre garde à mon langage. En aucun cas vous ne m'avez parlé de me débarrasser de Knuck !

— Knuck ?

Je regardais Lacassagne, me rendis compte que j'avais trop parlé et qu'il allait bientôt me prendre pour un aliéné. Au point où j'en étais, autant lui expliquer…

— Knuck, c'est le surnom de mon surin d'Apache. Je lui ai donné un petit nom, il est mon compagnon depuis des années. Moult fois, il m'a sauvé la vie, à vous-même d'ailleurs, je crois que c'est la seconde fois qu'il vous sort des problèmes… Avant que vous ne me demandiez pourquoi Knuck, c'est pour *knuckleduster*. C'est le nom que donnent les Américains à la crosse.

— Vous auriez dû l'appeler Caestus…

— Quel drôle de nom barbare, et pourquoi donc ?

— Il n'est pas plus barbare que votre Knuck ! C'est du latin, cela veut dire ceste… une arme utilisée par les gladiateurs romains. Je ne veux plus le voir, je vous remercie par avance de le tenir éloigné de ma vue.

Nous filions bon train malgré nous, certainement pour mettre le plus de distance possible entre notre agresseur et nous. La platte était en vue, je ne savais pas pourquoi, mais elle me rassurait…

Le temps que nous déjeunions, le corps d'un homme avait été amené. Le pauvre hère avait traversé une rue alors qu'un fiacre arrivait à vive allure. Le cocher ne put rien faire pour éviter l'individu qui passa sous les sabots des chevaux et les roues du véhicule. Le corps était en piteux état. Lacassagne aurait dû faire un simple constat des traumatismes, nombreux étaient les témoins qui affirmaient que la victime avait avancé alors que l'on voyait et entendait les bêtes marteler les pavés. Un bête accident comme il en arrivait souvent.

Une fois que le cadavre fut déshabillé et lavé grossièrement par mes soins, Lacassagne commença à notifier chaque fracture. Tentant de trouver celle qui avait causé la mort. Ce travail n'était pas véritablement nécessaire, mais là était le sacerdoce du médecin. Comprendre les causes d'un décès. Mémoriser chaque délabrement d'un cadavre afin de savoir le reconnaître sur un autre dont on ne connaîtrait pas le pourquoi du trépas.

On pouvait trouver cela macabre, pour ma part, je trouvais cela plus qu'intéressant. Depuis quelques mois que j'officiais ici, je m'étais découvert comme une passion pour tenter de comprendre cette science qu'était la médecine légale. J'imaginais la fièvre des alchimistes, mieux, je la ressentais. Surtout que Lacassagne travaillait toujours de manière pédagogique. Il m'expliquait chaque chose qu'il voyait, déroulait son raisonnement.

— Cet homme n'a certainement pas eu le temps de se rendre compte de ce qui lui arrivait. Je pourrais presque dire qu'il n'a pas souffert. Premièrement, tout a dû se passer très vite. Si les fers frappaient fort, la vitesse devait être rapide… Ensuite, nous avons plusieurs fractures. Les membres inférieurs, un avant-bras, dont l'os présente des esquilles très saillantes, prenez garde à ne pas vous blesser, Ange-Clément, en le manipulant.

J'acquiesçais d'un hochement de tête, ne voulant pas le couper dans ses explications.

— La cage thoracique est enfoncée, mais surtout, c'est cette fracture de la boîte crânienne qui a causé sa mort. Voyez comme le temporal est enfoncé. De plus, nous avons un fort écoulement sanguin au niveau des oreilles, le rocher est brisé. Il a rendu la vie au moment de l'impact. Regardez la jambe gauche. Elle a une position contre nature, comme tournée sur elle-même, et ne tient plus que par un lambeau de chair. Êtes-vous capable de me dire pourquoi ?

— La roue du fiacre ? Elle a pratiquement sectionné la jambe, et avec la vitesse, les muscles ont effectué une torsion sur eux-mêmes, ce qui donne cette pose bizarre…

— C'est exactement ça. Vous voyez, plusieurs personnes ont vu ce qui s'était passé. Au regard des vêtements que vous avez ôtés, nous pouvons en déduire que c'était un miséreux, dont, très certainement, personne ne demandera la dépouille, encore moins une enquête sur les causes de son décès…

— Je suis bien de votre avis…

— Eh bien, sa mort n'aura pas été vaine, elle vous aura appris quelque chose. Nous devons utiliser chaque cadavre, quand c'est possible, pour faire avancer notre science. C'est comme un hommage que nous leur rendons. Il nous faut étudier chaque corps qui passe entre nos murs pour nous aider à comprendre ceux qui nous posent une énigme insoluble comme notre inconnue. Quand on sait ce qui a tué, pour le cas présent des chevaux et un fiacre, nous devons observer, noter. Ainsi, si un jour vous vous retrouvez face à un mort qui présente de multiples plaies et fractures, des membres qui ont pris des postures qu'ils ne devraient pas avoir, vous devriez être capable de dire ce qui s'est passé. Vous comprenez ?

— Oui, chaque défunt doit faire avancer nos connaissances…

— Oui, je dirais même que notre science, la médecine judiciaire, est l'outil indispensable d'aide à l'enquête policière et judiciaire, nécessaire au bon fonctionnement de l'application de la loi. Lorsque je plaide au tribunal, je me dois d'être le plus juste possible dans mon rapport, que cela soit pour faire condamner un criminel, ou sauver un innocent. Mon devoir est d'apporter la vérité sur la mort… Il faudra que vous m'accompagniez un jour de procès, afin que vous vous rendiez compte par vous-même de ce que devient notre travail là-bas.

J'étais partagé. Certes, d'un côté, il devait être fort intéressant de le voir faire ses comptes-rendus en public, s'expliquer devant un auditoire qui ne connaissait pas forcément les tenants et les aboutissants de la médecine légale. En ces moments-là, il était face à des non-initiés, et ils devaient le comprendre. D'un autre côté, me retrouver non loin d'un prétoire pourrait me rappeler de très mauvais souvenirs. Je répondis par politesse, me disant que je verrais bien en temps voulu.

Lorsque nous eûmes terminé, Lacassagne me donna congé, n'ayant plus rien à faire. J'en profitais pour rentrer assez tôt pour une fois, sortir l'un de mes carnets noirs et mon Sampson Mordan, puis je me mis à écrire pendant quelques heures. J'en avais des choses à coucher sur le papier. Je ne savais pas pourquoi j'avais ce besoin. Peut-être avais-je, enfouie au fond de moi, la hantise de perdre la mémoire un jour ? Certainement… et avec cette espèce de journal intime, je serais capable de retrouver mes souvenirs au fil des pages noircies à l'encre…

15

Le sommeil ne venait pas. Impossible de trouver refuge dans les bras de Morphée. Entre l'agression que nous avions subie et mon altercation avec Jacob, mon esprit se posait mille questions auxquelles je n'avais pas la moindre réponse. J'allumais la lampe à pétrole que j'avais éteinte quelque temps plus tôt.

Plutôt que de prendre un livre, j'attrapai l'un de mes carnets noirs. Je voulais relire notre rencontre avec le docteur Lacassagne. Certainement que d'avoir dû défendre nos vies cet après-midi avait fait rejaillir de vieux souvenirs, dont certains commençaient à s'effacer.

J'étais place des Jacobins, j'allais partir quand je vis le « Bizarre » arriver.

On l'appelait le Bizarre, un goncier qui rôdait parfois le soir. Non pas pour s'encanailler, comme certains auprès des filles de joie, ou se saouler. Non, lui, il venait nous voir afin qu'on lui montre nos tatouages. Il nous donnait la pièce en l'échange de quelques minutes, pendant lesquelles, à l'aide d'un papier de soie, il les dessinait.

Il posait ça sur nous, et avec un crayon papier, il repassait sur les traits.

On ne savait pas trop ce qu'il en faisait, mais jamais il n'oubliait de payer. Je lui trouvais un certain courage de venir dans notre marigot. N'importe lequel d'entre nous aurait pu le suriner afin de lui subtiliser sa bourse de cuir qui avait l'air bien pleine !

Bon, moi, je ne le toucherais pas. Je ne sais pas pourquoi. D'habitude peu m'importe qui est le lascar que j'ai face à moi. S'il a des sous sur lui et que je n'en ai point, je n'ai aucun scrupule à le dévaliser. Faut bien vivre...

Mais lui, c'est le bon gars... poli et tout. Il demande gentiment et file de la monnaie, alors pourquoi pas lui montrer ?

Je n'avais pas encore mangé quand je l'ai vu approcher, je me suis dit que c'était la bonne occasion pour mander ma pitance du soir.

Mal m'en a pris, je n'étais pas la cible visée.

Allez savoir pourquoi, c'était sur celui que l'on nomme Gros-Louis qu'il avait des vues. Faut dire que le Gros-Louis, il en a de gravés sur la peau des dessins ! Et des pas courants. Alors si l'autre est comme qui dirait un collectionneur, ça peut se comprendre. Tant pis pour moi, je mangerai mieux demain...

J'allais pour changer de quartier, au cas où je tomberais sur un noctambule aviné à qui je puisse voler quelques pièces que j'entends le Gros-Louis gueuler :

— Oh là, bourgeois, faut pas voir à m'prendre pour un pédé !

Gros-Louis n'est pas un homme, mais un ogre, il est fort comme un bœuf et con comme âne ! Bagarreur comme pas deux, et il sort son eustache pour un oui ou pour un non...

— Monsieur, ne vous méprenez pas, je ne veux point abuser de vous, juste voir en entier le tatouage qui orne votre torse.

Gros-Louis avait un sacré dessin, on en voyait un bout qui dépassait au niveau de la gorge. J'avais déjà eu occasion de le voir lors d'une rixe. Le gros, de colère, avait retiré sa chemise. Il avait sur le poitrail une tête de bœuf avec deux couteaux en travers et un couperet en dessous, non pas qu'il fût boucher, ce gredin n'avait jamais travaillé de sa vie. Simplement, c'était un boucher quand il bastonnait. En prime, il avait un caractère de chien, le coup de sang facile et quelques morts sur la conscience.

Et là, il n'était pas d'humeur, il avait rembarré le Bizarre quelque chose de bien, mais le bonhomme tenait à faire son croquis, il insistait.

— Montrez-moi juste votre tatouage, je vous paierai pour cela...

— Tu m'prends pour une putain ?

Gros-Louis avait sorti son surin et menaçait le bonhomme.

— Calme-toi, Gros-Louis, ce goncier ne te veut pas de mal...

— Ta gueule ou j'te pique aussi, le gone !

Je ne sais comment je réussis à esquiver sa lame et lui envoyer une droite pas piquée des ronces. Gros-Louis perdit l'équilibre, tomba en arrière et se rétama sur une bordure en pierre. Ce con ne bougeait plus, et commençait à pisser le sang par les esgourdes.

— Vous pouvez cesser de le secouer, jeune homme, il est mort...

— Merde, j'ai buté Gros-Louis ?

— Disons que vous m'avez sauvé la vie, c'est différent.

— Peut-être que j'vous ai sauvé la vie, mais j'crois bien que la mienne va être écourtée, c'est qu'il était respecté l'ancien !

— Soit, ne prenons aucun risque, venez donc avec moi, vous m'avez porté secours, c'est maintenant à mon tour. Alexandre Lacassagne, professeur de médecine à la faculté, enchanté.

— Ange-Clément Huin, j'suis juste un Apache...

— Cela va changer, venez donc avant que ses amis ne rappliquent.

Il m'avait conduit sur un drôle de rafiot qu'était sur la Saône. Un vieux avait ouvert et m'avait filé un restant de soupe et une couvrante pour dormir sur le sol...

J'arrêtai là ma lecture et reposai le carnet. C'était incroyable comme ma façon d'écrire, de m'exprimer avait changé depuis. Non pas que je fusse illettré à cette époque, mais je ne prenais pas soin de faire attention aux fautes et autres règles du bon français.

J'avais revu ma tenue vestimentaire, coupé mes cheveux et laissé ma moustache pousser. J'en prenais grand soin, la lissant et la bouclant chaque matin. Mon apparence avait changé, ce qui m'arrangeait beaucoup. Il n'y avait eu aucun témoin lors de l'altercation avec Gros-Louis, mais l'on avait pu me voir avec avant. Si le bruit courait que je lui avais fait avaler son acte de naissance, j'aurais pu avoir quelques ennuis.

Le lendemain matin, lorsque je m'éveillais, un vieux bonhomme coiffé d'un chapeau de feutre m'observait. Il me proposa du café que j'acceptai avec bonheur. Je lui avais demandé où je me trouvais, il m'expliqua que j'avais dormi sur une morgue flottante et qu'il en était le gardien. J'avais dû faire une drôle de tête ! J'avais dormi au milieu des macchabées…

Depuis, Alexandre Lacassagne m'inculquait de jour en jour les secrets de sa science. Il m'avait aussi trouvé une chambrée, qu'il payait pour moi. Ma vie avait bien changé depuis cette rencontre improbable…

Les yeux me piquaient, j'éteignis la lampe à pétrole et me couchai.

16

Je venais à peine de me rendre sur la platte, autant dire que nous n'avions pu prendre notre café quotidien tranquillement avec le père Delaigue, que Lacassagne, Morin et Jacob arrivaient. Delaigue eut juste le temps de me glisser à l'oreille que c'était certainement pour la fille amenée cette nuit…

— Décidément, la Saône est bien meurtrière ces temps-ci… Nous avons trouvé le corps de cette jeune femme en amont du pont de Serin. Vous en pensez quoi, professeur ?

— À première vue, nous pourrions être tentés de dire que c'est un suicide. Qu'elle a décidé d'en finir en sautant du pont… si ce n'est pas malheureux à cet âge-là ! Je lui donne entre vingt-cinq et trente ans au pis aller.

— Pourquoi le suicide, cela pourrait être un homicide ?

— Cela pourrait, en effet… mais observons cette jeune femme. Elle est jeune et belle, malgré sa petite taille. On ne voit aucune marque sur son visage ni trace de strangulation.

Lacassagne souleva les bras de la victime, retroussa les manches de son chemisier.

— Pas de signe de défense, vous savez, se protéger, user de son corps comme d'un bouclier… Je ne vois pas de dermabrasion qui pourrait nous montrer qu'elle a été ligotée.

Il remonta la jupe d'alpaga noir en haut des cuisses blanches de la noyée.

— Elle porte toujours ses sous-vêtements, un violeur n'aurait certainement pas pris la peine de lui remettre en place après son forfait.

Il passa la main dans les cheveux bruns, laissant apparaître les oreilles, puis prit la main droite de la jeune femme dans la sienne.

— Elle porte des boucles d'oreilles en or et deux bagues de belle facture. Si un malandrin l'avait tuée pour la voler, je doute qu'il lui aurait laissé de tels bijoux de valeur non ? J'en conclus donc, en l'attente d'une autopsie, si vous l'ordonnez, que cette femme a mis fin à ses jours elle-même. Disposons-nous de son identité ?

— Non, nous ne savons pas qui elle est…

— Ange-Clément, vous préparez le corps, qu'il soit un peu moins indécent, et l'exposerez pour les visites de reconnaissance du jour. Son visage n'est nullement abîmé, nous aurons peut-être plus de chance qu'avec notre inconnue de l'île Barbe. Vous avez du nouveau, messieurs ?

Jacob ne disait mot, il me fixait, le regard hargneux. Il aurait été de race canine, que j'aurais eu peur de me faire mordre. Ce fut Morin qui répondit.

— Nous avons une piste, nous sommes à la recherche d'un homme. Un artiste forain, un écuyer dont plusieurs témoins nous confirment qu'il a souvent menacé de mort sa compagne…

— Et n'en déplaise à M. Huin, ce suspect correspond au signalement, un marginal, un étranger…

Jacob persiflait plus qu'il ne parlait, son ton était des plus agressifs. Lacassagne me souriait, m'engageant à ne point céder à la provocation, ne pas laisser la colère prendre le dessus. Je devais garder mon calme impérativement. Morin, qui n'avait pas dû être alerté de notre altercation, se demandait pourquoi son subalterne était, soudainement, si agressif.

— Eh bien, Auguste, quelle mouche vous pique donc ? M. Huin ne vous a rien dit, il me semble.

Je décidai d'intervenir, de faire profil bas, de prendre sur moi afin d'essayer d'enrayer le malaise que j'avais créé la veille.

— Si commissaire… je me suis emballé lors d'une discussion, j'ai voulu faire un trait d'humour, malveillant, je vous le concède, sur la ressemblance de monsieur le sous-inspecteur Jacob avec un homme aperçu dans un lieu de… perdition. J'aurais mieux fait de me taire que de narguer votre collègue, vu que je n'ai jamais mis les pieds dans un bordel. J'ai juste, honteusement, répété quelques ragots entendus dans une taverne. Inspecteur Jacob, je vous réitère donc mes excuses…

Jacob souriait. Son visage si austère venait de s'illuminer. Pourtant, que mon excuse était fade… lui faire croire que je n'avais fait que colporter des « on-dit ». C'était basique, mais cela lui suffisait, pour lui, son honneur, s'il lui en restait une once, était sauf.

— Je vais donc les accepter, il serait dommage que nous continuions de collaborer dans une si mauvaise ambiance. Vous apprendrez donc, par la même occasion, jeune homme, qu'enquêteur est un véritable métier, un sacerdoce. Cela ne s'improvise pas au comptoir d'un bar à écouter des individus mal intentionnés et avinés médire sur les forces de l'ordre ! Il faut savoir dénouer le vrai du faux, et ça, c'est un art qui n'est point à la portée de n'importe qui !

Lacassagne jugea que le duel était terminé, Jacob avait lavé son affront, nul besoin aux yeux du médecin d'en faire plus, il questionna Morin sur l'affaire :

— Commissaire, je sais que vous vouliez que nous conservions encore la dépouille quelques jours. M. Jacob nous en a fait la demande hier. Seulement, comme vous pouvez le sentir, elle commence à se dégrader sérieusement. En vingt-quatre heures, la putréfaction a fortement avancé…

— Comment est-ce possible ?

— Il y a déjà quelques jours que cette pauvre femme est décédée. Son corps est mutilé, les plaies furent en contact avec de la vase, et les températures ont quelque peu remonté. Tout cela fait que la corruption est rapide… Malgré les photographies et les moulages, vous avez besoin que nous la gardions encore ?

— Cela ne va plus servir à rien, elle est dorénavant pratiquement méconnaissable, je vais vous faire les papiers nécessaires afin que vous puissiez la faire inhumer. C'est dommage, la confrontation du coupable avec le cadavre de la victime, surtout dans cet état, est parfois un atout majeur…

— C'est ce que nous a expliqué M. Jacob hier. Mais, malheureusement, vous ne disposez pas du coupable ?

— Cela n'est qu'une question de temps… Nous avons, grâce à nos investigations, un nom : Wlis, l'homme devrait être interpellé sous peu.

Je me demandais comment ils étaient arrivés à cette identité, la question me démangeait fortement. Est-ce que la poser permettrait à Jacob de tenter de me remettre au pilori ? Je n'eus point à m'interroger longuement, il était si fier de lui qu'il nous narra son travail avec délectation.

— Je ne sais pas si vous avez connaissance de tout ce que fait la police pour faire régner le calme en cette cité. Par exemple, chaque tenancier de garni, d'hôtel, doit faire remplir une fiche portant le nom, le prénom et l'adresse de celui ou celle qu'il loge. Ces fiches arrivent chaque matin au commissariat central. De cette façon, nous savons qui est venu en villégiature dans notre bonne ville de Lyon. C'est ainsi que la veuve Morand, qui tient un restaurant rue des Treize-Cantons et qui est une fervente lectrice du *Progrès*, a pu remarquer que l'un de ses pensionnaires ressemblait étrangement à la description faite dans le journal. Elle en fit part à son serveur, qui confirma que l'individu correspondait à celui dans l'article de presse…

La curiosité me démangeait bien trop pour que je continue ce vœu de silence que je m'étais imposé.

— Et c'est grâce à cette ressemblance que vous êtes certain d'avoir le bon coupable ?

— C'est impressionnant chez vous cette façon que vous avez à mettre sans cesse en doute le travail de la police !

— Jacob, voyons… M. Huin s'interroge, c'est bien normal, vous savez que la jeunesse est fougueuse et souvent opposée à l'ordre moral établi, et donc à nous autres… Non, jeune homme, nous n'avons pas que cela. Voyez-vous, le serveur de la veuve Morand, est lui plus civique que vous. Il a pris sur lui de suivre leur client. Il l'a aperçu sur le pont du change, puis entrer dans l'impasse de la douane, qui part du quai Bondy et qui aboutit à une cour qui donne rue de l'Angile, en face du restaurant Gottat. Donc cet homme se cache, et qui se cache n'a point la conscience tranquille ! À l'heure où je vous parle, M. Marroy, commissaire de police, est sur les lieux pour l’interpeller. C’est ce pourquoi nous allons vous laisser afin d’aller interroger cet homme.

17

— Vous êtes fier de vous, mon jeune ami ?

— Cher maître, je me suis excusé et j'ai donné une excuse tout à fait plausible non ?

— Je vous le concède, mais rien ne vous semble bizarre dans l'entretien qui vint de se dérouler ?

— Si, je suis assez étonné que ni le sous-inspecteur Jacob ni le commissaire Morin ne se soient rendus sur place afin de procéder eux-mêmes à l'arrestation de cet homme. Je me demande bien pourquoi…

— Ça et le fait de ne plus vouloir confronter leur suspect au cadavre. J'aurais bien une réponse, mais elle pourrait vous déplaire, Ange-Clément !

— N'hésitez pas, professeur, je suis tout ouïe…

— Ils étaient là pour vous jauger, pour voir votre réaction. La remarque sur votre comportement du commissaire Morin me le laisse tout du moins penser… Je vous ai déjà prévenu de vous méfier, de prendre garde à ne point dévoiler votre façon de penser comme cela. Cela vous portera préjudice… N'oubliez pas que le corps de ce Gros-Louis fut retrouvé, et même examiné ici.

— Gros-Louis n'était qu'un Apache, donc un moins-que-rien à leurs yeux, sa mort fut accidentelle, je suis certain qu'ils ont déjà fermé le dossier. Preuve en est qu'ils ne vous ont pas demandé de l'autopsier.

— En médecine judiciaire, comme partout, il ne faut point avoir de certitudes. La certitude vous conforte dans des idées établies et vous empêche de réfléchir à d'autres solutions, elle freine toute évolution. Si je devais raisonner comme vous, que je sois sûr de tout à première vue, comment ferais-je pour tenter de trouver de nouveaux moyens de comprendre ? Ce que je veux faire entrer dans votre crâne, c'est que vous devez toujours partir du principe que les autres aussi réfléchissent et peuvent chercher à comprendre la vérité. Faites donc bien attention à ces deux policiers. Si le sous-inspecteur Jacob n'est certes qu'un ivrogne, le commissaire Morin est lui, un homme bien plus filou, et je n'aimerais pas que vous entriez un peu trop dans son collimateur.

— Je devrais donc, selon vous, parce que j'eus une vie, disons mouvementée avant, me taire ? Je devrais chaque jour courber l'échine face à l'injustice ?

— Où voyez-vous une trace d'injustice ? À part dans la mort de cette pauvre femme…

— …

— Vous voyez, outre ce que vous m'avez dit, faire de cet homme un accusé parce qu'il est étranger, ce qui n'est d'ailleurs pas encore chose faite, vous n'avez aucun autre argument que cette colère que vous nourrissez envers l'autorité. Savez-vous pourquoi je m'investis autant ici ?

— La passion ?

— Vous pensez que l'on peut être passionné par les cadavres, la putréfaction, les meurtres ? Je vous trouve bien macabre, même s'il doit y avoir un fond de vérité. En fait, j'œuvre pour que notre esprit scientifique et humanitaire puisse agir sur l'intelligence et le cœur des hommes de loi, pour moderniser peu à peu le mécanisme compliqué de la justice. J'irai même jusqu'à dire, pour tenter d'abréger, quand ils se produisent parfois, les excès de zèle aveugles dignes de foules fanatiques du Moyen Âge…

— Nous cherchons donc à atteindre le même but ?

— Oui… mais moi, je le fais avec intelligence et sérénité, c'est toute la différence.

Je ne répondis pas, venant de prendre une autre leçon, différente, de celles dont j'avais l'habitude. Sans dire un mot de plus, nous rejoignîmes la salle d'autopsie où les étudiants l'attendaient pour le cours.

Delaigue avait amené le défunt, il reposait sous un tissu grossier qui le cachait de la vue de tous. Au premier coup d'œil, on pouvait croire que la dépouille était obèse, mais si les carabins présents avaient observé le sol, ils auraient pu remarquer l'épaisse couche de sciure qui le recouvrait…

— Messieurs… Dans l'art qui est le nôtre, nous devons souvent trouver la cause du décès, mais aussi sa datation. C'est ce que nous allons tenter de faire ce jour. Ange-Clément…

Je m'approchai et retirai le linceul. Un brouhaha parcourut l'assistance. Je savais à l'instant présent que chacun dans les rangs n'espérait qu'une seule et unique chose, ne point être appelé par Lacassagne pour pratiquer.

C'était un noyé, un de plus qui avait «échoué» ici. Seulement, celui-ci avait été immergé pendant quelque temps. À vue d'œil, j'aurais dit plusieurs semaines.

— Delestre… Venez donc nous parler de ce charmant cadavre !

Ce fut cette fois-ci un soupir de soulagement que j'entendis, sauf pour le dénommé Delestre qui s'avançait en maugréant sous les rires, à peine dissimulés, de ses camarades.

— Le corps de cette personne a subi une immersion assez longue. Tout le corps est d'une couleur verdâtre prononcée, son visage est totalement déformé, l'abdomen est distendu.

— Au premier regard, pourriez-vous nous en dire plus ?

— C'est-à-dire, professeur ?

— Depuis quand cette personne est-elle décédée ?

Le sieur Delestre ne bronchait pas, il fixait le noyé. Malgré la température fraîche, il commençait à transpirer à grosses gouttes.

— Plus d'un mois !

— Lorsque l'on me donne une réponse, on se doit de me l'expliquer, je vous écoute.

— Après la mort, le corps descend lentement vers le fond du cours d'eau, emporté par le courant. Arrivé au fond, il rencontre en général un courant plus faible et s'immobilise. Alors, débute la putréfaction, celle-ci va produire du gaz qui va faire remonter le cadavre à la surface. Il faut un minimum de deux semaines, mais en ce moment, il fait très froid, l'eau est glaciale, ce qui ralentit le processus, je dirais donc au moins un mois d'immersion.

— Bien, mais vous auriez pu me parler de la profondeur d'immersion. Ce corps a reposé à faible profondeur, pas plus de deux à trois mètres. En dessous et en cette saison, nous aurions eu une température constante inférieure à quatre degrés et la production de gaz nécessaire afin qu'il remonte à la surface aurait été impossible. Nous avons dorénavant une estimation de la date du décès, je dis bien estimation, messieurs ! Nous allons tenter de trouver les causes du décès de ce malheureux. Delestre, que pourrait-on imaginer ?

— La noyade accidentelle, une baignade qui tourne mal par exemple.

— Et pourquoi pas une chute d'un bord de rive lors d'une promenade ?

— Il est nu, professeur, je ne vois pas trace de vêtements, s'il avait été déshabillé avant le cours, je le verrais.

— Encore un bon point pour vous, ensuite ?

— Le vol. Il a été détroussé et jeté à l'eau, conscient ou inconscient. Mais je ne vois nulle plaie qui aurait pu être causée par une arme.

Tandis qu'il parlait, je manipulais doucement le corps afin qu'il puisse observer s'il y avait des traces autres que celles de charriage dans le dos de la victime.

— Ajoutons aussi que ce peut être le crime crapuleux sans vol. J'entends par là que nous pourrions avoir affaire à un malheureux qui fut sans le sou. N'oubliez jamais que les marins touchent une prime à chaque cadavre ramené au port. Que certains d'entre eux sont capables d'arrondir leur mois avec ce genre de meurtre… Veuillez inciser, Delestre.

Connaissant les techniques de son maître, il enfonça son scalpel à la naissance du cou et descendit droit jusqu'au pubis. Une odeur pestilentielle envahit la pièce, quelques élèves sortirent prendre l'air, les autres comprirent à quoi servait la sciure en la voyant gonfler sous les liquides physiologiques qui s'écoulaient.

L'autopsie ne donna pas grand-chose quant aux causes du décès de cet homme, l'état de décomposition avancée ne permit pas de certifier exactement de quoi il était mort.

Delestre s'en tira bien, il opta pour la noyade, il n'avait trouvé nulle trace de coup, les organes ne portaient pas de stigmates visibles de poison, rien ne lui paraissait anormal.

Tout cela, Lacassagne le savait déjà, lorsque le cadavre lui fut amené, le policier présent lui avait montré la lettre que l'homme avait laissée chez lui. Acculé par les dettes, abandonné par son épouse, il avait préféré mettre fin à ses jours. Le seul mystère qui demeurait, c'était pourquoi il s'était déshabillé avant son geste désespéré.

18

Le corps avait été inhumé au cimetière de la Guillotière. Nous avions placardé deux grandes photographies faites par Bernoud en face de la salle d'exposition. Je fus étonné qu'un public, aussi nombreux que celui des premiers jours, ne cesse de venir les admirer. Pour rien, aucun renseignement sur notre noyée ne nous fut donné.

L'avancée de l'enquête, je l'appris par la presse et par Lacassagne qui eut des échos lors de plaidoiries au tribunal et quand il croisa Morin. Il avait, paraît-il, dû prendre ma défense, le commissaire ne m'avait pas en odeur de sainteté. Il avait tenté quelques recherches sur ma personne, mais l'identité d'Ange-Clément étant « vierge », il n'avait rien, si ce n'est quelques petites accointances avec le mouvement anarchiste, ce qui lui déplaisait déjà beaucoup, et lui donnait une raison de me surveiller. C'est ce qu'il avait déclaré à Lacassagne, tout comme il lui avait suggéré de se méfier…

Louis Wlis avait été appréhendé dans la cour que les deux policiers nous avaient mentionnée. L'homme n'avait commis aucun acte de résistance, et avait suivi le policier avec ses deux jeunes compagnes pour se rendre chez le juge Vial.

J'avais émis un léger soupir qui n'avait pas échappé à Lacassagne lorsqu'il m'avait narré la chose.

— Qu'est-ce qui vous déplaît dans ce que je vous raconte ?

— Eh bien, professeur, si je vous comprends, vous sous-entendez que cet homme est polygame ?

— Je pense que bigame suffit, non ?

— Non, puisque Morin et Jacob sont persuadés que notre mystérieuse défunte était aussi sa compagne ou maîtresse…

— Ah, bien vu, mon jeune ami. Et en quoi cela vous prête à soupirer ?

— L'homme est donc forain, marginal, certainement étranger et en plus il dispose de plusieurs concubines, cela ne va pas plaider en sa faveur.

— Et encore, je ne vous ai pas dit que Jacob l'a entendu parler en une langue qui lui semble du roumain à l'une des jeunes filles dans l'antichambre du juge… Je vois la colère poindre en vous, il ne faut pas. Vous savez que nous avons un point commun ?

— La passion de la vérité ?

— On peut dire cela comme ça. Vous voyez, je voyage, donne des conférences en Italie, en Autriche, un peu partout. Certains me considèrent comme un ponte dans mon domaine. Moi, je ne le pense pas.

— Mon cher maître, ne vous sous-estimez pas. Certes, je ne dispose point des compétences pour juger, mais je sais ce que je vois et ce que j'entends. Les éloges sont monnaie courante envers votre personne. Qu'ils viennent de vos confrères, des hommes de loi, de scientifiques…

— C'est un fait. Ils pourraient m'en accorder encore plus que cela ne changerait rien, je serai sans cesse dans le doute, mon jeune ami !

— Dans le doute ?

— Bien sûr ! Pourquoi croyez-vous que j'aie fait analyser les liens qui fermaient le sac par exemple ? Je cherche toujours à croiser les compétences, ne jamais me fier à la première vue, qui peut induire sur le mauvais chemin. Sachez, mon jeune ami, que tout comme vous, j'ai une sainte horreur de l'erreur judiciaire. Je n'imagine pas qu'un homme finisse en prison, pire encore à l'échafaud, par ma faute. Je ne pourrais supporter cela, c'est pour ça que je fais autant de recherches, que vous ne me voyez jamais véritablement sûr de moi, de mes théories.

Je percevais soudainement Lacassagne différemment…

Depuis qu'il m'avait pris sous son aile, que chaque jour il m'apprenait son art, je n'avais jamais imaginé que ce grand homme puisse être envahi par le doute. Comment était-ce possible ?

— Cela a l'air de vous perturber? Sachez que nous ne devons jamais être trop sûrs de nous-mêmes, et que je déteste les personnes imbues d'elles-mêmes. Je suis de l'avis du grand Claude Bernard, qui nous a quittés il y a peu, qui disait à qui voulait l'entendre que tout passe par l'expérience, l'expérimentation!

— Je ne dirais pas que cela me perturbe, juste que je pensais qu'avec votre savoir…

— Justement, mon jeune ami, c'est là savoir maîtriser son savoir que d'être convaincu que l'on ne possède pas la vérité. Mais revenons à notre affaire voulez-vous? Revenons à Louis Wliss. Pour l'instant, il faut dire que rien ne plaide en sa faveur. Des témoins auraient vu une voiture de bohémiens à la Grand-Croix, un peu à l'écart de la place. Des personnes se disputaient à l'intérieur de la verdine, où une femme menaça un homme de le dénoncer comme assassin s'il continuait à la battre.

— Cela ne prouve en rien qu'il soit le criminel et qu'il soit l'homme présent dans la roulotte. D'ailleurs, est-ce que la piste d'un forain est la bonne piste?

— Allez savoir… Mais elle est privilégiée par un autre témoignage. Une dame, veuve Perrel, s'est fait connaître auprès de la police. Elle vend de la vaisselle sur les foires de la région et déballe fréquemment sur le boulevard de Chambéry.

— Chambéry ? N'est-ce pas là-bas que demeure la dame Collet qui fut, pendant un temps, prise pour notre inconnue ?

— Oui, tout à fait, le hasard. Toujours est-il qu'elle a lu la description de notre pauvre noyée dans la presse et qu'elle est persuadée d'y reconnaître une nommée Bec. Une femme originaire de la Foulatière, non loin de Bourgoin, et qui tenait sur les foires et marchés un jeu de tourniquet avec un homme qu'elle disait être son mari.

— Laissez-moi deviner, professeur, la dame Bec n'a pas réapparu depuis que nous avons trouvé notre mystérieux cadavre ?

— Ange-Clément, on ne peut rien vous cacher, plutôt que de dénigrer ce cher Jacob, vous feriez mieux de rejoindre son équipe d'enquêteurs !

Lacassagne souriait, heureux de sa repartie.

— Un autre détail que m'a révélé le commissaire Morin, qui prouve ce que je viens de vous dire, à savoir toujours croiser les compétences. Vous vous souvenez que j'avais donné le fil de fer qui fermait le sac pour analyse à M. Ferrand, expert chimiste ?

J'acquiesçais d'un signe de tête afin de ne pas le couper dans son explication.

— Le juge Vial et le procureur Marignan, assistés des messieurs Morin et Jacob, se sont rendus à Caluire, là où un dénommé Barbier avait déclaré avoir aperçu des traces de sang. Ils découvrirent ce à quoi je m'attendais : rien.

Il est logique qu'avec les intempéries que nous avons eues, depuis le temps, il ne subsiste aucun vestige. Pour ne pas faire le voyage en vain, ils sont allés vers la montée Sainte-Boniface, savez-vous pourquoi ?

Je ne voyais pas le rapport avec Ferrand, mais connaissais le lieu.

— Bien sûr, toujours la piste de Wliss le forain.

— C'est tout à fait cela, des voitures de bohémiens stationnent très souvent à cet endroit. Mais là encore, ils firent chou blanc… Alors ils remontèrent vers l'île Barbe, et juste avant, ils découvrirent une grande bâtisse inhabitée dont l'imposante grille était maintenue fermée par du fil de fer galvanisé ! Le même qui entourait le sac contenant le tronc mutilé…

— Elle a donc été tuée sur place ? Pourquoi pas dans cette propriété ?

— Cela se pourrait, mais en ce cas, ce M. Barbier aurait eu des hallucinations… Ce qui pose problème dans cette affaire, c'est que l'on ne dispose pas de l'identité de la victime. Voyez-vous, si nous connaissions son nom et son prénom, nous serions, enfin la police, dans la possibilité de savoir si elle était en relation avec Wliss par exemple.

— Oui… D'ailleurs, ce Louis Wliss, à part faire un accusé de choix, on en sait plus sur lui ?

— Suspect, pas accusé, il y a une nuance, et non des moindres. Il est issu d'une famille qui dirige une troupe d'écuyers. Certains s'appellent Wliss, d'autres Wiss, je ne saurais vous dire si cela vient d'une erreur lors d'inscription à l'état civil. Pour Louis, qui nous intéresse, il est à noter qu'il est illettré, il ne sait que signer. Il travaille avec son frère Antoine, et trois jeunes femmes, qui sont sœurs. Tous étaient présents le 11 novembre dernier à la foire de Saint-Martin. Angélique Sténégrit, l'une des écuyères, âgée de vingt-deux ans, a accouché à Bourg le 13 novembre. C'est Louis Wliss qui a déclaré l'enfant à la mairie, tout comme il a déclaré en être le père. La troupe a quitté la commune le 14 novembre. C'est tout ce que le commissaire Morin sait pour l'instant, ou tout du moins, a bien voulu me dire…

— Pas grand-chose en fait.

— Pour lui si : que Louis Wliss était sur la région lyonnaise avant le meurtre.

Nous dûmes clore cette conversation, Lacassagne étant attendu en son laboratoire de la faculté de médecine.

19

J'eus une seule et unique occasion de voir Louis Wliss de mes propres yeux. Ce fut lorsque nous nous rendîmes, Lacassagne et moi, au palais de justice afin d'apporter le moulage de la tête et du buste faits par M. Gustini. Nous étions assis dans l'antichambre. Malgré les portes capitonnées, nous entendîmes Wliss qui niait être un criminel. Il s'opposait avec véhémence aux accusations d'assassinat portées contre lui.

Je n'étais pas à l'aise, j'avais la paume des mains moites, cela me rappelait trop de mauvais souvenirs.

— Ça ne va pas, Ange-Clément ?

— Si, professeur, très bien… pourquoi ?

— Vous êtes bien pâle, plus que le tissu qui recouvre les plâtres.

— Je suis impressionné on va dire.

L'huissier vint ouvrir la porte à ce moment précis, ce qui évita de rentrer dans des explications fastidieuses. Nous le suivîmes dans le bureau du juge. En plus de Vial et de Wliss étaient aussi présents Jacob et Morin. Si le commissaire nous salua d'un hochement de tête, le sous-inspecteur, lui, me jeta un regard glacial. Ce qui me fit bizarre, certainement le lieu.

Wliss paraissait apeuré, l'homme qui devait être de grande taille, était complètement recroquevillé sur sa chaise face au juge et entre les deux policiers.

J'avais le tronc et Lacassagne la tête. Vial nous fit signe de poser nos fardeaux sur son bureau monumental. Nous reculâmes de quelques pas.

Jacob tira un coup sec sur le premier tissu, laissant apparaître le visage de notre inconnue. Je n'avais pas encore remarqué à quel point cette chose était pire que la réalité. On aurait dit qu'un fou avait pris plaisir à sculpter le visage d'une mutilée pour le plus macabre des musées.

Wliss eut un mouvement en arrière, collant parfaitement son dos à la chaise, et fit une grimace de dégoût. Vial prit la parole.

— Monsieur Wliss, reconnaissez-vous cette femme ?

Wliss ne répondit pas, il était médusé, les yeux exorbités, le regard fixe sur le moulage, avec ses lèvres manquantes, on pouvait presque croire qu'elle lui souriait. Un sourire sardonique qui allait certainement le hanter longtemps…

— Monsieur le juge te parle !

Jacob n'avait pas parlé, il avait aboyé, et dans le même temps, avait frappé du plat de la main l'arrière du crâne de Wliss.

— Inspecteur, du calme…

— Monsieur le juge, avec tout le respect que je vous dois, les gens de cette race ne comprennent que ça !

J'avais envie d'attraper ce Jacob par les cheveux et lui fracasser le front contre le moulage. Cet individu était le plus abject condé que je n'eus jamais croisé. Je sentis que Lacassagne m'observait, je me tournais vers lui. Il bougeait doucement la tête, lui donnant un mouvement négatif. J'avais dû penser trop fort. J'étais certes colérique, mais pas stupide au point de frapper un policier dans le bureau d'un juge d'instruction.

— Je… je… la connais pas… je sais pas qui est la statue ! Je ne l'ai jamais vue de ma vie, j'vous le jure, monsieur le juge.

Jacob dévoila le buste d'un geste théâtral.

— Et ça, ce n'est pas ton travail ? Ce n'est peut-être pas toi qui as dépecé cette femme ?

Wliss était hypnotisé, il n'arrivait pas à décrocher son regard de la reproduction du tronc mutilé. Ses yeux semblaient suivre le moulage et chercher les jambes sous le bureau. Il ne comprenait rien à ce qu'il voyait.

— Non, c'est pas moi, j'ai tué personne ! Je ne la connais pas…

— Tu es certain de ne jamais l'avoir vue ?

— Non ! Connais pas ! Je vous dis, jamais vue, je ne l'ai jamais vue…

— C'est bon, monsieur le sous-inspecteur, c'est bon. Messieurs, vous pouvez disposer, nous n'avons plus besoin de vous. Professeur, encore merci d'avoir mis cela à la disposition de la justice et de vous être déplacé en personne.

***

Nous avions pris un fiacre pour retourner déposer les pièces au laboratoire de Lacassagne.

— Mon jeune ami, que pensez-vous de ce que vous venez de voir ?

— Que le sous-inspecteur Jacob est un rustre, et j'emploie ce mot pour rester poli en votre compagnie.

Lacassagne poussa un long soupir.

— Il suffit avec M. Jacob ! Je sais ce que vous pensez de lui, nul besoin de me le rappeler sans cesse, il me semble vous l'avoir déjà dit ! Ne me faites point regretter de vous prendre comme assistant…

Je sentis le rouge me monter aux joues, c'était la seconde fois que Lacassagne se mettait en colère envers ma personne. Nullement je n'avais voulu le blesser.

— Je vous prie de m'excuser, je suis confus.

— N'en parlons plus, mais que ce soit la dernière fois que j'aie une telle remarque à vous faire. Je voulais votre avis sur ce que vous avez vu, la réaction de ce Wliss dans le bureau du juge Vial.

Je me concentrai sur la réponse que j'allais apporter, après la bévue que je venais de faire, je devais me rattraper.

— La première chose, aussi absurde soit-elle, il n'a pas une tête de tueur, bien que je doute que l'on puisse avoir une tête de criminel…

— Détrompez-vous, bien au contraire !

— Vous trouvez qu'il a une tête de tueur ?

— Je n'ai pas dit cela, simplement vous me dites que vous doutiez que l'on puisse avoir une tête de tueur, bien au contraire…

— Comment ça ?

— Est-ce que le nom de François-Joseph Gall vous dit quelque chose ? Ou la phrénologie ?

— Ni l'un l'autre, mon cher maître, vous me voyez désolé de mes lacunes.

— Il ne faut pas, vous êtes là pour apprendre. Gall était professeur de médecine, il étudiait plus particulièrement le cerveau. À force d'observations, il remarqua que ses meilleurs étudiants avaient les yeux protubérants. Il en conclut que les déformations à la surface du crâne sont dues à la pression des organes du cerveau liés à telle ou telle faculté mentale. Me suivez-vous, Ange-Clément ?

— Je pense… Donc ceux qui sont, dans le cas des élèves de Gall, plus intelligents que les autres, ont une bosse à la surface du crâne en regard de cette région du cerveau ?

— C'est à peu près ça. Partant de ce principe, certaines bosses, comme vous dites, seraient liées à d'autres choses. Il existe trois régions principales dans le cerveau : l'aire occipitale, à l'arrière, est le siège des instincts animaux.

Les zones pariétales, les côtés, régissent l'activité, les mouvements, alors que la partie frontale est le siège des facultés supérieures.

— Plus on est intelligent, plus notre front est développé et plus nous sommes bêtes, plus c'est l'arrière de notre crâne ?

— Vous me faites un résumé on ne peut plus lapidaire, mais il me faudrait des heures pour vous expliquer tout cela dans les moindres détails. Donc, oui, il y a certaines têtes qui sont des têtes de criminels, leurs cerveaux ayant développé des parties qui n'auraient pas dû l'être. Le cerveau est un organe « malléable », mon jeune ami ! On peut le fortifier par le travail intellectuel. Sa partie occipitale, qui est le siège des instincts, est très réactive à notre environnement. Le milieu social dans lequel nous vivons est un facteur qui va influer sur la partie occipitale du cerveau. S'il n'y a pas équilibre parfait, on se trouve en présence du vice, du crime, de la révolte contre l'état social. Cela explique les crimes provoqués par la misère. L'étude du fonctionnement cérébral doit donc prédominer, et c'est sur elle qu'il faut asseoir la théorie de la criminalité !

Je n'étais pas certain d'avoir tout compris de ce que venait de m'exposer Lacassagne, mais de toute façon, le fiacre venait d'arriver et il avait un rendez-vous. Je n'avais donc pu lui faire remarquer que Wliss n'avait pas eu de mouvement de recul lorsque Jacob avait dévoilé la tête. J'étais convaincu que s'il était le meurtrier, revoir le visage de sa victime l'aurait mis en panique. Il m'avait paru juste horrifié.

20

Les jours passaient et aucun nom n'arrivait pour identifier cette pauvre femme. Chaque matin, on pouvait trouver dans la presse de nouveaux articles avec toujours ce même titre : «Crime mystérieux de l'île Barbe, une femme coupée en morceaux». J'avais dit à Lacassagne qu'ils auraient pu titrer «Le mystère de la femme coupée en morceaux reste entier» pour changer. Mon cher maître m'avait juste répondu que j'avais un humour macabre.

Je ne savais pas qui était le plus macabre, moi avec mon humour noir, ou tous ces journalistes, qui dans chaque édition cherchaient à faire du sensationnel. Car, il fallait bien l'avouer, si Louis Wliss avait tout d'un coupable, ces messieurs n'y étaient pas pour rien… Trouvant dans chaque témoignage une preuve irréfutable que Wliss fût l'assassin. Il ressemblait étrangement à cet homme aperçu par le sieur Tulipe se querellant avec sa compagne. Il était forain, avait plusieurs épouses, il était poursuivi pour quelques rapines. Il était la cible idéale de la vindicte populaire : marginal, différent.

Le comble pour moi fut de lire qu'un chanteur ambulant, donc lui aussi saltimbanque, parcourant les routes pour gagner sa pitance, avait trouvé à dire sur cette sombre affaire. Il déclara avoir vu Wliss en compagnie d'une femme, qui pourrait être le cadavre qui reposait à la Guillotière, se faire menacer par sa maîtresse, la femme Hoffmann. Au fil des jours, on ne comptait plus les maîtresses de Wliss qui apparaissaient, il devait être un véritable séducteur et posséder un harem ! Marie Hoffmann aurait dit, en présence du chanteur : « Elle ne veut pas s'en aller, mais je saurai bien m'en défaire ! » Bien sûr, lorsqu'on lui présenta les photographies faites par Bernoud, il ne reconnut pas en la morte la femme qui était aux côtés de Wliss. Ce n'était, une fois de plus, rien de probant, mais un détail de plus qui faisait peser plus lourd le panier de l'accusation.

Non pas que je le crusse forcément innocent, à vrai dire, je n'avais aucune idée de sa culpabilité ou de son innocence, simplement je n'approuvais pas le traitement qui lui était infligé sans preuve flagrante.

Je fus étonné de la faculté de certaines personnes à retrouver la mémoire au bout de tant de temps. Lorsque le corps fut amené en la morgue flottante, moult articles étaient parus, la police avait mené son enquête, et on ne disposait d'aucun témoignage important sur la présence d'« étrangers » du côté de l'île Barbe. Mais depuis que la presse ne parlait plus que de Wliss, certains se souvenaient… Comme ce cocher du fiacre 112, qui d'un coup se remémorait une soirée du 27 décembre, où il aurait transporté Wliss et Marie Hoffmann à Saint-Rambert. Quelle mémoire prodigieuse, il parlait de la météo, du temps qui s'écoula lorsqu'ils quittèrent la voiture, une demi-heure.

Il n'y avait pas que lui, Lacassagne, qui avait plaidé au tribunal pour une autre affaire, avait eu écho que le parquet venait de recueillir une déposition importante qui allait, selon le procureur Marignan, faciliter et simplifier l'instruction de la mystérieuse affaire de l'île Barbe.

Quatre personnes, parmi lesquelles un nommé Puy, agent d'assurances, qui tenait à Montluel le café de l'Hôtel-de-Ville, avaient déclaré avoir reconnu dans la photographie de la femme coupée en morceaux, une bohémienne boiteuse qu'ils avaient vue à Montluel le 10 décembre dernier en compagnie d'un individu dont le signalement correspondait trait pour trait à celui de Wliss, actuellement arrêté. S'il s'en souvenait soudainement, c'était parce que les deux individus s'étaient fait remarquer dans son établissement. Ils avaient eu une violente discussion en public… Cela confirmait la piste de Marignan, depuis plusieurs jours il avait décidé de fouiller dans la vie amoureuse de Wliss et de répertorier ses conquêtes. Selon la description de Puy et de ses amies, la fille correspondait au signalement d'une bohémienne du nom de Neumélize, qui fut la maîtresse qui précéda Marie Hoffmann.

J'étais fasciné et me posais une question : pourquoi n'étaient-ils pas venus avant tous ces gens ? Lorsque les premiers appels à témoins avaient été publiés ?

J'en fis part à Lacassagne, il fut moins étonné que moi.

— Ne voyez pas le mal partout, mon jeune ami… Il est possible que ces personnes aient « oublié » les choses qu'elles ont vues. Puis, lisant les journaux, certains détails sont remontés des méandres de leur esprit, et elles ont simplement fait leur travail de citoyen. Je sais que vous trouvez que l'on va vite en besogne à faire de Wliss le meurtrier. Mais sachez que des contradictions flagrantes ont été relevées entre leurs deux dépositions.

— Mon cher maître, ne sont-ils point tous deux illettrés ?

— C'est un fait, qui en effet pourrait expliquer les erreurs dans leurs déclarations. Mais je vais vous dire une chose, qui n'est point une remarque désobligeante, prenez-le plutôt comme un conseil. Vos accointances avec l'anarchisme et votre idéologie humaniste faussent votre façon de voir les choses. Certes, vous n'êtes pas obligé de croire que Wliss soit le coupable de ce meurtre, mais vous n'êtes pas obligé non plus de le croire innocent ! Vous pouvez rester neutre en l'attente de preuves suffisantes, qu'elles soient d'un côté ou de l'autre. La neutralité, mon jeune ami, sera toujours votre alliée dans notre science. De la seule science et du résultat de nos expériences naissent les preuves…

Il était vrai que mon jugement était faussé. J'avais moi-même été mis à mal par des journalistes, des soi-disant témoins qui avaient vu… J'en gardais certainement des séquelles. Peut-être qu'il faudrait que chaque citoyen fût un jour accusé à tort, ou simplement accusé plus qu'il ne le méritait pour que l'on comprenne enfin qu'on ne pouvait pas clouer au pilori une personne sans posséder tous les détails !

21

Cela faisait presque trois mois que l'on nous avait amené « la femme-tronc ».

Depuis plusieurs semaines, aucun élément nouveau n'était apparu, si ce n'étaient quelques témoignages. Des personnes cherchant une proche disparue qui pensaient reconnaître l'absente en notre mystérieuse inconnue. Pistes qui étaient bien entendu toutes fausses.

Ce fut le 5 mars qu'il y eut enfin un rebondissement.

La veille, dans la soirée, des soldats se promenaient sur les quais de la Saône, à Saint-Rambert, près du pont de l'île Barbe. Ils aperçurent un paquet informe qui se balançait sur l'eau. Intrigués par ce colis flottant au fil de l'eau, ils s'approchèrent. Le sac était ouvert, quelque chose apparaissait. Il leur semblait que c'était une masse de chairs en putréfaction. Les fantassins s'empressèrent d'aller prévenir le garde champêtre de la commune. Ce dernier alla à son tour avertir la gendarmerie à Vaise. Ils ne mirent point longtemps à se transporter sur les lieux.

Là, à l'aide d'un bâton, ils tirèrent le sac sur la rive et nous le firent livrer.

Lacassagne n'était pas présent au matin, je me fis donc le plus discret possible. Je n'étais pas véritablement en terrain amical. Morin, Jacob et Coutagne… seul Ferrand m'appréciait quelque peu. Mais la découverte qui reposait sur la table devant nous leur fit oublier ma présence.

— Docteur, pourriez-vous m'éclairer ? Je n'arrive pas à comprendre comment ce sac a pu mettre autant de temps à remonter, nous avons découvert l'autre il y a presque un trimestre !

— C'est assez simple, monsieur le commissaire. Observez donc : le fil de fer a rompu, et l'on peut remarquer qu'il y a une trace d'écrasement dans la vase. Il y avait une pierre, d'assez grosse taille qui lestait. Il est fort possible que des mouvements de navires aient pu faire bouger l'ensemble. Le lien a cédé, la roche qui a servi à maintenir au fond de l'eau ces restes mutilés a quitté sa place et tout est remonté en surface…

— Monsieur Ferrand, le lien, votre avis ?

— Mes analyses confirmeront, mais je suis pratiquement certain que c'est le même que sur le premier sac. Tout comme il doit correspondre à celui que vous m'avez transmis, l'échantillon parvenant de la grille d'une propriété.

— Bien… nous devons attendre le professeur Lacassagne pour la suite, mais avez-vous d'autres détails à me donner ?

— Regardez, le pied gauche est légèrement incliné en avant ; une cicatrice provenant d'une tumeur blanche certainement, peut-être que la victime souffrait de claudication. Mais ce n'est que pure hypothèse !

Une hypothèse qui donna le sourire à Jacob, son visage venait de s'illuminer.

— Cette fois-ci, nous le tenons, commissaire ! Une boiteuse ! N'est-ce pas la description qui nous a été faite de la bohémienne Neumélize, l'ancienne maîtresse de Wliss par Puy ? Je crois qu'il est bon pour la bascule à Charlot ! N'en déplaise à certains libertaires…

Le regard qu'il me lança était plein de haine, mais j'avais pris bonne note des bons conseils de Lacassagne et ne dis mot.

***

Dans son malheur, Wliss avait une chance : que Lacassagne était homme qui hésitait parfois, qui ne donnait jamais d'avis ferme s'il n'était pas certain de ce qu'il avançait. Lorsque Coutagne lui avait soumis son hypothèse de claudication, dont lui-même n'était pas sûr, Lacassagne avait demandé à faire une seconde autopsie de la victime, afin de se concentrer sur ce point précis.

Le procureur Marignan et le juge Vial donnèrent leur accord, c'est ainsi que nous nous rendîmes au petit matin, au carré onze, celui des victimes criminelles, du cimetière de la Guillotière.

Malgré les températures fraîches, les deux fossoyeurs transpiraient à grosses gouttes. Il avait beaucoup plu ces derniers jours, la terre était lourde à remuer. Un bruit sourd retentit, une pelle venait de taper le capot du cercueil. Ils étaient sur la bière. En quelques minutes ils avaient dégagé la caisse de bois blanc qu'ils relevèrent à l'aide de cordes munies de crochets passées dans les poignées. Lorsqu'elle fut remontée, Jacob s'approcha afin de vérifier qu'elle était intacte et que ce c'était bien le numéro correspondant.

J'aidais les deux hommes à charger le cercueil sur le plateau tiré par un vieux cheval. Puis le cocher nous mena jusqu'au laboratoire de la faculté de médecine où Lacassagne et Coutagne nous attendaient.

L'odeur était nauséabonde, et lorsque je fis sauter les clous, j'eus droit à une vision d'horreur ! Déjà que lors de sa découverte, la pauvre femme n'était pas belle à voir, là c'était vraiment atroce. Jamais je n'avais vu auparavant de corps aussi décomposé. Par endroits, il ne restait plus que des os, à d'autres, la chair était devenue une bouillie noirâtre et puante qui glissait entre mes doigts dès que je manipulais le corps.

Le travail des deux médecins se concentra sur le bassin et la colonne vertébrale qu'ils disséquèrent.

— Nous n'avons aucune malformation congénitale osseuse, aucune trace d'ancienne fracture ou blessure qui pourrait être à l'origine d'un quelconque boitement. Pour moi, je puis vous assurer que cette pauvre femme marchait tout à fait normalement. Qu'en pensez-vous, mon cher confrère ?

— Je partage votre avis complètement, tout est normal, si je puis dire…

Je vis la défaite se peindre sur le visage de Jacob, je ne devais surtout pas dire quoi que ce soit, juste le fixer un peu en souriant, cela suffisait à ma victoire.

— Mon cher Ange-Clément, si ces messieurs nous en donnent l'accord, vous allez pouvoir tout mettre en œuvre afin que cette pauvre femme aille reposer en paix.

— Faites ce que vous avez à faire, c'est bon pour nous, nous attendons votre rapport, messieurs.

Lacassagne avait demandé le transfert des membres vers son laboratoire, ils s'en allèrent avec le buste vers la Guillotière.

***

Je pensais sincèrement que la hargne de Morin et Jacob allait s'atténuer, qu'ils allaient tenter de trouver d'autres pistes que ce pauvre Wliss, contre qui ils n'avaient pas grand-chose, si ce n'est même rien. Mais c'était sans compter sur les ressources dont étaient capables leur imagination… Ils voulaient à tout prix trouver la preuve irréfutable de la culpabilité du forain, alors que certaines dépositions ne correspondaient pas. Pourquoi ne voulaient-ils pas chercher ailleurs ? On aurait pu croire que cela les arrangeait qu'il fût le principal suspect.

Plusieurs témoins avaient déclaré à ces messieurs que Wliss avait parcouru le chemin de Saint-Rambert accompagné d'un chien. L'animal, abandonné par le saltimbanque, fut recueilli par un certain M. Carlin.

Morin eut alors une idée saugrenue : accompagné de Jacob, il se rendit chez le sieur Carlin et lui demanda de l'accompagner pour une promenade dans les alentours. Les deux hommes se firent suivre du chien qui était lui-même suivi par Jacob. L'idée du commissaire de la Sûreté était simple, l'animal devait le conduire sur des lieux que fréquentait Wliss et y découvrir de nouveaux éléments à charge.

On conduisit donc cette pauvre bête de Saint-Rambert à Collonges, et de Collonges à Saint-Cyr… Une longue balade bucolique offerte par la police, pendant laquelle Jacob consignait tous les mouvements insolites d'un chien flairant les murs où ses congénères avaient levé la patte et se permettant toutes les libertés d'un animal de son espèce…

On m'avait dit un jour que le ridicule ne tuait pas, certes, je pouvais le concevoir, mais tout de même, je ne pus m'empêcher de rire en lisant *Le Salut Public* en date du 14 mars 1881 où le journaliste écrivait que la technique « nous paraît quelque peu bouffonne. Elle nous rappelle plutôt une scène de vaudeville qu'une enquête judiciaire ».

J'imaginais, avec un grand bonheur, les têtes de Morin et Jacob à la lecture de l'article, cela devait être quelque chose ! J'aurais payé cher afin de les voir…

Onzième année. — N° 476.
Huit pages : CINQ centimes.
Dimanche 21 Janvier 1900.
LE PROGRÈS ILLUSTRÉ
Supplément littéraire du « PROGRÈS DE LYON »
ADMINISTRATION ET RÉDACTION
LES FEMMES COUPÉES EN MORCEAUX

ÉPILOGUE

Cent cinquante-trois jours…

Louis Wliss passa plus de cinq mois en détention, accusé d'un meurtre sans aucune autre preuve que des témoignages, dont certains étaient plus que bancals.

Le pauvre homme retrouva enfin la liberté et le criminel qui avait découpé cette pauvre femme, dont nous n'avons jamais connu l'identité, ne fut jamais interpellé.

Aujourd'hui que l'on me demande pour éditer toutes ces notes sur le grand Alexandre Lacassagne, j'ai relu…

Des décennies plus tard, je me suis replongé dans le passé lointain de cette affaire.

Si, à l'époque, nous n'avions aucune piste pour cet homicide, avec le recul j'en aurais bien une…

Bien sûr, je ne suis pas policier ni enquêteur, j'ai juste voyagé au cœur de la médecine légale, et j'y ai croisé moult assassins. Notamment un dont j'ai croisé la route bien des années plus tard : Luigi Richetto, dit le Dépeceur. Je parle d'ailleurs de lui dans un autre de mes carnets noirs.

Comme son surnom l'indique, il dépeçait, démembrait ses victimes. Il fut accusé de meurtres commis entre 1893 et 1899, il savait « découper » et était fort intelligent.

Vous allez me dire que c'est bien maigre pour oser affirmer que c'est lui qui est à l'origine de cet homicide. Je vous le concède, mais dans la longue carrière de ce Richetto, outre son savoir-faire en matière de découpe, j'ai le souvenir, et mes notes, sur l'affaire Régis Planial !

Ce brave homme, chiffonnier de profession, avait disparu du jour au lendemain. Sa maison fut retrouvée ouverte aux quatre vents sans aucune trace de sa personne. Sa disparition fut signalée à la police, nous étions au début décembre de 1894. Quelques jours plus tard, vers Saint-Fons au niveau de l'île de Pierre-Bénite, un marinier repêcha dans le Rhône un sac contenant la moitié supérieure d'un tronc humain… Au mois d'avril suivant, ce fut un promeneur qui fit une drôle de découverte sur l'île Badet, un second tronçon de cadavre comprenant le bassin et la partie supérieure des cuisses ! Au mois de novembre, on découvrait une jambe dans la commune du Pouzin, puis, toujours en novembre, mais cette fois sur les bords de l'île Sainte à Saint-Rambert-d'Albon, ce fut la jambe manquante.

Mon cher maître réussit à prouver que toutes les pièces de ce puzzle macabre étaient bien issues du même cadavre, un homme dont la taille et l'âge correspondaient au sieur Planial. Bien sûr, comme la tête ne fut jamais retrouvée, il était impossible d'identifier formellement ce pauvre homme, et jamais Lacassagne n'affirma une chose dont il ne détenait une preuve flagrante. Il en parlait aux juges, procureurs et policiers, mais ne l'utilisait pas dans ses plaidoiries et cela ne figurait point dans ses rapports.

Et donc lorsque le Dépeceur fut présenté devant le tribunal pour y être jugé de ses crimes, celui du sieur Planial fut retiré de l'acte d'accusation, point de tête, point de preuve que ce soit lui… Il ne fut pas accusé de ce meurtre, mais moi, Ange-Clément Huin, j'ai l'intime conviction qu'il était coupable, pour le sieur Planial, mais aussi pour cette pauvre inconnue de l'île Barbe. Qu'elle fut sa première fois…

Face au crime

par le docteur Amos Frappa

En janvier 1881, le voile de quiétude recouvrant l'île Barbe se déchire avec la découverte de restes féminins au bord de la Saône. Rien n'était venu troubler la sérénité de cette île – relevant de la commune de Saint-Rambert – depuis les événements révolutionnaires. Après l'adoption de la constitution civile du clergé, les biens de ce qui avait été l'une des plus puissantes abbayes lyonnaises furent alors saisis pour être vendus.

En 1881, les reporters de la région ne se font guère d'illusion sur l'origine géographique du crime. Dès le 13 janvier, l'envoyé spécial du *Progrès* oriente déjà la suspicion des lecteurs, transcrivant dans le même article le malaise ambiant : « À Saint-Rambert, les esprits sont fort préoccupés par ce lugubre drame qui a jeté dans le pays une certaine terreur. C'est avec crainte que la partie féminine de la population se hasarde maintenant sur le pont pendant la nuit. Cependant rien ne prouve que Saint-Rambert soit le théâtre du crime qui a pu avoir été commis soit à Lyon, soit même au sud de Lyon. L'assassin a pu remonter la Saône pour détourner les recherches de la justice sur les localités situées au nord de Lyon. » Terreau naturel du crime du fait de la population laborieuse qu'elle abrite, la grande cité lyonnaise vomit régulièrement dans sa proche périphérie les cadavres encombrant son estomac.

Commettre ou cacher un meurtre en allant dans la banlieue, n'est-ce point le crime parfait ? Les Lyonnais se souviennent probablement qu'en 1872, à l'occasion de l'affaire Vulliard, un ouvrier résidant au nord de la ville avait été attiré dans le quartier industriel de Monplaisir pour y être sauvagement assassiné à coups de marteau, le corps ayant ensuite été enveloppé dans un sac et abandonné au bord de la route d'Heyrieux. L'annexion des trois communes périphériques de Vaise, la Croix-Rousse et la Guillotière en 1852, toutes peuplées d'ouvriers et donc jugées dangereuses par les édiles, n'avait fait que repousser un peu plus loin la frontière du crime, et ce jusqu'à des communes suburbaines comme celle de l'île Barbe. Quasiment inhabitée, cette dernière accueillait tous les ans des festivités populaires. La tradition des fêtes baladoires de l'île Barbe était viscéralement ancrée dans les pratiques ouvrières.

En 1835, *L'Écho de la Fabrique*, véritable porte-voix des canuts lyonnais travaillant dans la soierie, présentait ainsi la vogue débutant le lundi de Pentecôte : « L'île Barbe ! Il n'est personne à Lyon qui ne la connaisse ; il n'est pas un peintre qui ne l'ait dessinée sous toutes ses faces ; pas un bourgeois qui n'y ait dîné avec sa famille ; pas un dandy qui n'y conduise en tilbury sa nouvelle conquête ; pas un ouvrier qui ne vienne chaque année y dépenser les économies d'une semaine. L'île Barbe est pour nous, en quelque sorte, le bois de Boulogne, Romainville et Saint-Cloud. » En effet, le saint-lundi fut longtemps un jour chômé dans les milieux ouvriers du xixe siècle, c'est pourquoi il ouvrait la fête baladoire de l'île.

Face à un crime supposément lyonnais, les forces de l'ordre se présentent en rangs serrés. Il faut dire que la police se trouve sur le point d'achever sa mue après le début troublé des années 1870. Alors que le Second Empire n'avait pas encore mis le genou à terre devant la Prusse de Bismarck, le notaire lyonnais Lentillon proclamait déjà la République à la Croix-Rousse mi-août. Au matin du 4 septembre 1870, la nouvelle de la capture de Napoléon III à Sedan tout juste connue, la IIIe République était de nouveau proclamée à Lyon, et ce quelques heures avant Paris. Le comité de salut public qui s'était alors substitué à la municipalité avait promis une restructuration complète de la police lyonnaise, étatisée depuis 1851, mais les mesures n'avaient finalement pas tenu face au retour de l'ordre moral à partir de février 1871. La police avait, au contraire, connu une ré-étatisation dont la touche finale avait été apportée en 1874. Cette année-là, le poste de commissaire spécial de la Sûreté – occupé par Morin lors du crime de l'île Barbe – avait été rétabli, sa suppression momentanée datant du passage de l'Empire à la République. Pendant encore une dizaine d'années, une série de règlements parachevait cette remise en ordre policière. Lors du meurtre de 1881, quinze commissaires se partagent désormais la surveillance des quartiers lyonnais. Celui de la Croix-Rousse, chargé de sillonner également la commune de Caluire attenante à la « colline qui travaille » dont il est chargé, entraperçoit donc l'île Barbe lors de ses rares tournées. Accaparé par un travail essentiellement administratif, il se repose sur les agents affectés à son commissariat. Bien qu'étendue, sa circonscription reste à échelle humaine, n'atteignant pas celle du commissaire de Villeurbanne par exemple. Celui-ci, chargé également de surveiller les communes suburbaines de Vaulx, Bron et Vénissieux, se lamente en 1873 d'avoir « environ 50 kilomètres de circuit, c'est-à-dire plus d'une fois et demie celui de la ville de Lyon tout entière », ne disposant pour cette surveillance que de deux agents. Ces derniers sont donc la véritable incarnation de la police pour les habitants des quartiers lyonnais et des communes périphériques, de même que les gardiens de la paix, héritiers de sergents de ville du Second Empire. Agents de l'ordre hybrides, à mi-chemin entre la police et l'armée, les gardiens de la paix vivent en caserne, répartis en trois compagnies d'une centaine d'hommes chacune. Recrutés chez les anciens militaires, ils jouissent de l'image délétère d'hommes rustres et peu diplomates. Outre les quelques inspecteurs spécialisés dans la surveillance des théâtres, cafés-concerts et maisons de tolérance, le paysage policier serait incomplet sans l'évocation du service de Sûreté. Choyé sous le Second Empire, il retrouve toute son importance au sein du système sécuritaire lyonnais sous la République. Installé dans le palais de justice depuis le changement de régime, ce service forme une sorte d'élite. Il lui revient la lourde tâche de chapeauter la police judiciaire, une fonction partagée par une multitude d'acteurs. Dans l'enquête de l'île Barbe, Morin et son adjoint Jacob occupent donc les avant-postes. Ils occupent plus largement le devant de la scène médiatique lyonnaise, le calme régnant depuis plusieurs années déjà du côté de la police politique. En 1874 s'étaient tenus les derniers procès des communards lyonnais, la ville des canuts ayant vécu – comme Paris – une brève insurrection du 23 au 25 mars 1871. Guillaume Chol voyait ainsi sa peine à quinze ans de travaux forcés, prononcée trois ans plus tôt, confirmée. Depuis 1874, Lyon démentait sa réputation de ville rebelle et ce d'autant plus que l'amnistie générale des communards était décrétée en juillet 1880. Aucun nuage dans l'horizon politique donc. Ce n'est qu'en 1882 qu'un coup de tonnerre éclatera dans le ciel lyonnais avec l'attentat anarchiste visant le café *L'Assommoir*, place Bellecour. À Lyon comme dans le reste de la France, le drapeau noir sera hissé une dizaine d'années.

La police est donc bien en place quand le « crime mystérieux de l'île Barbe » est découvert. Est-ce toutefois bien elle qui pilote le navire judiciaire ? N'en est-elle pas plutôt le quartier-maître, voire le canonnier, se contentant d'appliquer les ordres du capitaine c'est-à-dire de la magistrature ? Le Code pénal napoléonien de 1810 cantonne en effet la police au rôle de simple auxiliaire de la justice. C'est d'ailleurs bien cette dernière qui accueille le service de la Sûreté dans son palais des vingt-quatre colonnes, une œuvre néoclassique érigée en 1847 sur les décombres de la prison dite de Roanne. Ce n'est qu'à partir du début du XXe siècle que l'initiative policière deviendra réellement significative. Pour l'heure, c'est encore le juge d'instruction – Vial pour le crime de l'île Barbe – qui mène l'enquête, signant des commissions rogatoires pour que les commissaires, inspecteurs et agents inspectent les lieux du crime, interrogent les suspects ou cherchent les indices que le meurtrier pourrait avoir laissé échapper. Depuis 1865, le réseau carcéral est complété par la prison Saint-Paul construite à Perrache. Le plan panoptique, qui avait été rejeté une trentaine d'années plus tôt pour la prison Saint-Joseph, est enfin adopté.

Néanmoins, des travaux s'avèrent rapidement nécessaires, la loi du 5 juin 1875 imposant une cellule par prisonnier afin de prévenir la contagion du crime. Si la justice se modernise dans sa matérialité, son fonctionnement repose sur des textes poussiéreux. Selon la formule de l'historien Jean-Claude Farcy, « les signes de vieillissement des codifications napoléoniennes, déjà soulignés sous le Second Empire, deviennent plus palpables » encore sous la IIIe République. Quand l'affaire de l'île Barbe éclate, aucun ajustement n'est intervenu depuis la loi de 1863 permettant la comparution immédiate. Avant cela, les dernières réformes pénales dataient des années 1830. De nombreuses voix s'élèvent pour critiquer cet immobilisme, à commencer par celle du médecin légiste, autre acteur majeur de l'enquête.

Avec sa trousse à autopsie, il accompagne en effet l'autorité judiciaire sur la scène de crime. Procureurs de la République, juges d'instruction, commissaires de police… tous doivent faire appel à son éclairage au début de l'enquête comme le stipule le code d'instruction criminelle de 1808. Les premiers tirent un nom dans une liste d'experts dressée par le président du tribunal de première instance, les médecins intéressés par cette fonction spéciale en ayant fait la demande au préalable. Pour sa part, le commissaire – officier de police judiciaire d'après les codes napoléoniens – averti d'un crime doit faire appel au « médecin au rapport », c'est-à-dire à celui qui a été officiellement chargé de réaliser les premières constatations dans toute la ville. Ce médecin au rapport figure aussi sur la liste établie par le président du tribunal de première instance.

En effet, quelle que soit l'autorité requérante, les heureux élus ne sont qu'une poignée, qu'ils soient professeurs, médecins hospitaliers ou encore détenteurs de prix d'académies ou de facultés. Lorsque l'affaire de l'île Barbe éclate, il se trouve que la communauté des médecins légistes fulmine. Depuis 1878, les professeurs Louis Pénard et Paul Brouardel se sont fait les porte-voix d'un mécontentement général, à tel point que le président du Conseil, Jules Dufaure, a dû nommer une commission extra-parlementaire pour élaborer un projet de réforme. La première des récriminations porte sur la rétribution de l'expertise, les tarifs fixés en 1811 étant jugés trop modérés. L'absence de collégialité en matière criminelle fait également grincer les dents. Depuis la circulaire ministérielle de 1867, il ne « faut nommer qu'un seul expert et deux au plus ». Le médecin légiste ne dispose d'aucune feuille type pour remplir son rapport, ce qui permettrait pourtant d'uniformiser les pratiques. Quant à l'enseignement, il est tout simplement jugé insuffisant. Enfin, le projet élaboré en 1878 suggère la « création d'une commission scientifique médico-légale supérieure, analogue au tribunal des super-arbitres de Berlin », afin de départager les experts. En effet, le prétoire prend régulièrement des allures de champ de bataille. Le médecin légiste, choisi initialement par le juge, témoigne lors du procès, mais il doit ensuite essuyer les attaques du contre-expert désigné par la défense. En outre, l'avocat de la défense prend un malin plaisir à souligner les contradictions, un problème d'autant plus prégnant que l'expert officiel n'est pas préparé à ces questions.

Le célèbre médecin légiste parisien Alphonse Devergie conclut donc, dans une diatribe publiée en 1878, qu'au « lieu d'éclairer le jury, on obscurcit son jugement, et il finit par ne tenir aucun compte des faits médicaux, chirurgicaux ou chimiques de l'affaire. Et la masse de s'écrier alors que la médecine est une science conjecturale, qu'elle n'a aucun principe, aucune donnée précise. On jette ainsi sur notre art la défaveur la plus complète ». En somme, la contradiction existe déjà, du moins de façon officieuse, il convient désormais de l'organiser de façon plus nette. En novembre 1880, soit quelques semaines à peine avant la découverte du cadavre sur l'île Barbe, les différentes améliorations suggérées par la Société de médecine légale sont enfin présentées à la Chambre des députés par le républicain radical René Goblet.

Nul doute que ce dernier connaît parfaitement la question du crime par ses anciennes fonctions de patron de presse – il avait fondé *Le Progrès de la Somme* en 1869 – et de procureur général. Les journalistes, qu'il continue à côtoyer régulièrement, forment le dernier groupe d'acteurs majeurs dans l'enquête de l'île Barbe. En janvier 1881, soit six mois à peine avant la grande loi proclamant la liberté de la presse, les journaux lyonnais connaissent déjà le succès. Cela fait plusieurs années que le processus de libéralisation est engagé, la loi de 1881 constitue donc surtout un aboutissement. En 1874, c'est-à-dire trois ans après sa création, *Le Petit Lyonnais* est déjà tiré à 30 000 exemplaires. En 1878, il franchit allègrement la barre des 100 000 unités. Cette même année, son équipe se scinde d'ailleurs en deux, une partie de la rédaction décidant de partir fonder *Le Lyon Républicain* qui atteint d'emblée une impression à 70 000 exemplaires. *Le Petit Lyonnais* conserve malgré tout son statut de premier quotidien régional. Son succès tient au prix de vente à cinq centimes, une offre imbattable sur laquelle tous les concurrents finiront par s'aligner. La large audience du *Petit Lyonnais* vient aussi de sa ligne éditoriale offrant une place de choix aux faits divers. En effet, le jeune libraire Victor Ballay – fondateur du journal – ne se considérait pas comme un journaliste et visait le plus rapide succès qui soit. Estimant l'avoir atteint en 1878, il vendit son entreprise, ce qui provoqua le départ d'une partie de la rédaction pour *le Lyon Républicain.* Les faits diversiers au service des différents quotidiens en constituent donc les chevilles ouvrières invisibles, ils jouent une part notable dans leur succès populaire tout en restant anonymes. Payés à la ligne, ce sont eux qui se ruent les premiers jours sur l'île Barbe afin de glaner quelques détails sordides. La proximité des quotidiens – concentrés autour de la place Bellecour – avec le palais de justice, et donc la Sûreté, facilite grandement les échanges avec les autorités. *Le Nouvelliste*, fondé en 1879, est ainsi installé au 14 de la rue de la Charité, à cinq minutes à pied du palais aux vingt-quatre colonnes. L'immeuble porte encore la trace de son existence. Lorsqu'une affaire arrive au prétoire, le relais est pris par les chroniqueurs judiciaires, héritiers de la vénérable *Gazette des tribunaux*, fondée sous la Restauration en 1825. Ce sont eux les grands gagnants de la médiatisation croissante de la fin du XIXe siècle. Le plus célèbre d'entre eux est Albert Bataille, devenu collaborateur de Fernand de Rodays – le chroniqueur judiciaire du *Figaro* – en 1876. Le protégé du procureur de la République de Blois, tout juste installé à Paris, devient vite incontournable sur la scène judiciaire de la capitale. En 1881, Bataille publie le premier florilège de ses chroniques : *Causes criminelles et mondaines*. Une demi-douzaine d'années plus tard, il deviendra président de l'Association de la presse judiciaire, une puissante organisation à laquelle appartiendra un certain Gaston Leroux, le père de *Rouletabille*.

Des archaïsmes criants

L'affaire de l'île Barbe correspond donc à un moment charnière dans l'histoire lyonnaise du crime. Si le vent du renouveau commence à se faire ressentir, le paysage reste malgré tout semblable à ce qu'il avait été tout au long du xixe siècle. La professionnalisation de la police reste ainsi largement incomplète.

Ce n'est qu'en 1879 que la Sûreté générale – c'est-à-dire le ministère de l'Intérieur – instaure un examen à destination des commissaires et inspecteurs de police. S'il s'agit de réaffirmer sa mainmise sur les polices provinciales, l'objectif est aussi de juguler le nombre croissant de candidats et d'amender un niveau général jugé insuffisant.

L'impétrant doit désormais intégrer des notions de droit pénal et criminel comptant pour moitié dans la note finale. Devenu un homme de bureau plus que de terrain, le commissaire doit faire montre d'une meilleure connaissance du cadre normatif. Une plus grande rigueur est également attendue, de trop nombreux commissaires emportant encore avec eux les archives de leur bureau au moment du départ, ce qui handicape leurs successeurs. En 1873, le commissaire de la Croix-Rousse se plaint au commissaire central de Lyon – une fonction instituée brièvement – de l'absence d'archives dans son commissariat « à part quelques autorisations en ouverture de débits de boisson », son prédécesseur ayant presque tout vidé. Ce mauvais réflexe s'inscrit dans la traditionnelle confusion entre vies personnelle et professionnelle, une habitude longtemps de mise chez les commissaires lyonnais. Jusqu'au milieu du xixe siècle, ceux-ci recevaient encore le public dans leur propre domicile, signalant celui-ci à l'aide d'une lanterne rouge installée au pied de leur immeuble. Les archives accumulées durant leur mandat étaient donc logiquement considérées comme étant les leurs. Enfin, les commissaires lyonnais sont régulièrement accusés de se décharger de leur fonction d'officiers de police judiciaire sur la Sûreté. Le 15 juin 1878, le secrétaire général pour la police – il chapeaute l'ensemble du système policier lyonnais et dépend de l'autorité du préfet du Rhône puisque la police de Lyon est étatisée – regrette « un manque d'initiative des commissaires de quartiers qui comptent trop sur la Sûreté au lieu de procéder à l'instant même aux investigations nécessaires ». En clair, l'existence d'une police judiciaire d'élite saperait la bonne volonté de certains commissaires.

S'agit-il d'ailleurs d'une véritable élite ? La question mérite d'être posée tant la différence de prestige avec le service équivalent de la capitale s'avère grande. En septembre 1877, des sabotages sont ainsi perpétrés entre les gares ferroviaires lyonnaises de Saint-Clair et Miribel, des poteaux télégraphiques plantés le long de la voie ayant été sciés. Le commissaire spécial des chemins de fer se rend sur place, se prêtant à une analyse qui annonce déjà les déductions d'un certain Sherlock Holmes, policier de roman dont les premières aventures seront publiées dix ans plus tard : « Plusieurs poteaux ont leur trait de scie à droite, avec traces de pied à gauche, par contre les autres ont le trait à gauche avec les traces de pied à droite. D'où l'on peut conclure que plusieurs malfaiteurs ont coopéré à la perpétration de ce délit et, de plus, que parmi eux se trouve un gaucher. »

Après ces premières constatations, l'affaire est confiée non pas à la Sûreté de Lyon mais à celle de Paris. Si ce choix révèle l'intérêt national que revêt cette ligne ferroviaire – le Paris-Lyon-Méditerranée –, il trahit également les doutes des autorités dans les compétences du service judiciaire lyonnais. Les deux agents parisiens envoyés auprès du chef de la Sûreté de Lyon ne parviendront pas plus à mettre la main sur les coupables. Ils ne font donc que bénéficier de cette image dorée associée à la Sûreté parisienne depuis plusieurs décennies. L'origine du décalage entre réalité et imaginaire tient notamment aux nombreux souvenirs publiés par les chefs successifs de la police judiciaire parisienne. Pierre Canler, placé à la tête de l'institution parisienne à la fin de la Seconde République, s'était distingué par l'arrestation très médiatisée du criminel d'origine lyonnaise Lacenaire. Alors qu'il publiait ses mémoires dans les années 1860, sous le Second Empire, son successeur Antoine Claude brillait à son tour dans la presse judiciaire. En 1869, il arrêtait le jeune Troppmann qui avait défrayé la chronique en assassinant toute une famille à Pantin.

À côté de ces exploits parisiens, largement magnifiés par la presse, la Sûreté lyonnaise ne peut se targuer d'aucun haut fait d'armes équivalent. Certains de ses agents seraient même bifides, à la fois défenseurs de l'ordre et hors-la-loi.

Tel est notamment le cas d'Auguste Jacob qui assiste Morin à la tête de la Sûreté. Des rumeurs désobligeantes circulent à son encontre. Cet ancien sous-officier, entré dans la police lyonnaise en 1876, avait déjà été sanctionné pour ivrognerie par le passé. En janvier 1879, le commissaire près la préfecture – sous les ordres duquel il était alors placé – l'avait vu rentrer « à 11 heures du soir, dans un état manifeste d'ivresse, ne parlant qu'avec une grande difficulté », pour conclure : « L'agent Jacob n'est à mon service que depuis peu de jours et je dois dire que je n'ai pas à m'en louer, c'est un homme superficiel payant de mine et d'allure mais manquant de pratique et de discernement. »

Au mois de mai, Jacob avait donc été muté au commissariat de l'Hôtel de Ville, passant sous les ordres du tout nouveau commissaire du quartier, un certain Morin. Les deux hommes avaient rapidement sympathisé, peut-être du fait de leur histoire commune. Morin avait lui aussi été militaire avant de s'engager chez les gendarmes pour finalement devenir commissaire de police à Marseille, une ville où Jacob avait également vécu.

En décembre 1879, la notice individuelle que rédige Morin à l'égard de son subordonné ne laisse aucun doute quant à leur complicité : « L'agent Jacob qui seconde parfaitement le secrétaire dans le service des écritures, remplit en outre son service d'agent avec un zèle remarquable. Esclave du devoir, il ne marchande jamais son concours et sacrifie avec empressement jusqu'à ses heures de repos dans l'intérêt du service. » Lorsque Morin est promu à la tête de la Sûreté en juin 1880, il fait donc des pieds et des mains pour emmener avec lui son bras droit.

Devenu numéro deux de la police lyonnaise, juste derrière le secrétaire général, Morin est désormais en position de force pour obtenir une seconde promotion en faveur de son protégé : au mois de juillet, il lui obtient le grade de sous-inspecteur de la Sûreté. Lorsque les deux anciens militaires se retrouvent sous la lumière médiatique en janvier 1881 avec l'affaire de l'île Barbe, ils ont donc tout à prouver. Or, des rumeurs autrement plus graves que le seul penchant alcoolique circulent depuis quelque temps déjà sur le compte de Jacob. Au mois de juin 1879, au commissariat de l'Hôtel de Ville, il aurait été surpris par un autre agent, à 7 h 30 du matin, en compagnie d'une fille de dix-huit ans dans le lit de l'alcôve. En décembre 1880, lors d'une perquisition effectuée avec un agent de la Sûreté, il avait trouvé porte close, mais la voisine d'à côté ayant ouvert sa porte pour voir ce qui se passait, il se serait introduit de force chez elle et l'aurait contrainte à avoir des relations intimes avec lui, son collègue n'ayant d'autre choix que de faire le pied de grue devant la porte une dizaine de minutes. Et aux dires de certains policiers de la Sûreté, ces écarts de conduite seraient monnaie courante, Jacob leur racontant tout en raison de son naturel fanfaron.

Au-delà du cas spécifique de Jacob, un rapide survol de l'histoire des services de Sûreté laisse entrevoir, chez ses agents, une certaine appétence pour le crime, à commencer par le premier d'entre eux : Vidocq. Le fondateur de la Sûreté parisienne sous la Restauration n'est autre qu'un ancien bagnard ayant décidé de changer de camp. Avec l'accord du préfet de police de Paris, il forme une petite brigade composée exclusivement d'anciens malfaiteurs.

La « Rousse », puisque tel est le surnom de cette fine équipe, n'est dissoute qu'en 1832 pour être remplacée par un service plus officiel. Ce péché originel semble marquer à jamais l'histoire de la Sûreté. À Lyon, sous la Seconde République, le chef de la brigade de la Sûreté dénommé Albal est connu pour être « un repris de justice pour escroquerie [...] sorti de prison quelques jours avant la révolution de février 1848 ». Ce passé sombre figure bel et bien sur sa fiche individuelle, ses supérieurs hiérarchiques en ont donc connaissance sans que cela leur pose le moindre problème.

Si la police chargée de résoudre le crime de l'île Barbe semble engoncée dans des habitudes stériles et parfois immorales, la médecine légale qui la seconde ne fait guère preuve de plus de modernité. Ainsi, la morgue municipale fait l'objet de nombreuses railleries alors qu'elle constitue le cœur de l'enquête menée en janvier 1881. Ce simple bateau-lavoir, aménagé en espace mortuaire depuis 1850, est amarré aux quais de l'Hôtel-Dieu. Présenté à l'origine comme un palliatif transitoire à l'absence de bâtiment à la fois bien aéré et convenablement situé, ce cercueil flottant est toujours en usage en 1881.

En dépit d'un premier chavirage en août 1852, les autorités persistent à privilégier cette solution, imaginant simplement d'autres emplacements plus en amont (au niveau du pont Saint-Clair) ou plus au sud (en face de la rue Sala). Les dysfonctionnements sont pourtant légion.

Le 2 avril 1880, le régisseur des convois funèbres signale que « le toit du bâtiment est recouvert d'une couche de bitume qui, sous l'action des rayons du soleil, s'est fendue en divers endroits. Dès la moindre pluie, l'eau envahit les diverses salles qui divisent ce bâtiment ». Les pompes subissent de sévères dégradations du fait des grandes gelées d'hiver, « l'une d'elles serv[an]t à étancher le bateau, l'autre à remplir un réservoir qui alimente les divers robinets placés au-dessus des tables d'exposition et d'autopsie ». L'arrosage continu des corps, système ancien déjà privilégié par Devergie au début des années 1830 pour la morgue de Paris, est donc toujours en usage alors que l'existence du frigorifique commence à être connue.

Le 21 décembre 1880, l'ingénieur des ponts et chaussées enregistre la plainte de l'un des voisins immédiats de la morgue flottante. Un certain Mélay, propriétaire d'un bateau à laver le linge, dénonce en effet le « préjudice que lui cause la proximité de ce dernier bateau à cause des eaux malpropres qui en proviennent et demande l'autorisation de remonter son embarcation ». Les entreprises de bains installées le long du Rhône partagent cette appréhension, leurs clients étant incommodés par les miasmes s'échappant de la morgue voisine. Le contraste avec la métamorphose hygiéniste de la cité est saisissant, rappelle l'historien Stéphane Frioux, puisque l'haussmannisation menée par le préfet Claude Vaïsse à partir de 1853 s'accompagne de la multiplication des fontaines, latrines, parcs et cimetières périphériques.

Le corps médical lyonnais, concerné au premier chef par la vétusté de la morgue municipale, ne reste évidemment pas attentiste. La création de la faculté mixte de médecine et de pharmacie sur les quais de la Vitriolerie en 1877 – la ville étant jusque-là seulement dotée d'une école préparatoire de médecine – permet une première saillie. Louis Lortet, désigné doyen de la nouvelle institution, demande au préfet du Rhône de rapprocher la morgue de celle-ci. Les travaux sont toutefois loin d'être terminés, il faudra attendre 1882 pour assister à l'occupation progressive de la faculté de médecine. Durant cette longue période de soudure, les cours seront dispensés dans les bâtiments voisins.

Nommé en 1880 à la tête de la chaire de médecine légale – et, de ce fait, nouveau directeur technique de la morgue –, Alexandre Lacassagne décide d'adresser un mémoire alarmiste au conseil municipal. Ce médecin militaire, pourtant coutumier des conditions extrêmes, ayant côtoyé les bataillons d'Afrique en Algérie dans les années 1870, rend un verdict sans appel : « Les abords en sont difficiles, non sans danger, exposés aux fluctuations nombreuses et variées du fleuve. L'aménagement intérieur est des plus simples : à gauche, le logement du gardien ; à droite, la salle d'exposition dans laquelle se trouvent quatre tables. Cet espace de quelques mètres carrés sert encore de vestiaire et de dépôt de cercueils.

À côté, un cabinet pour les autopsies, une table en zinc, une armoire vide et d'instruments et de balances et de réactifs. Ce cabinet a cinq mètres de long sur deux de large, avec un plafond constitué en partie par un vitrage. En hiver, il fait un froid glacial, et quand on allume le poêle, la chaleur devient tellement pénible, qu'il faut ouvrir la porte donnant sur l'arrière du bateau. On se trouve alors exposé aux regards des passants ou des laveuses du bateau voisin. »

En fin tacticien, Lacassagne joue la carte de la concurrence avec la capitale, évoquant les maisons mortuaires créées par le conseil municipal parisien en novembre 1880. Pour moderniser la morgue lyonnaise, il propose de l'établir dans un bâtiment qui serait situé juste en face de la faculté de médecine. Outre la communication possible avec son laboratoire de médecine légale où se trouvent tous les ouvrages et instruments nécessaires, Lacassagne met en avant la proximité avec la mairie du troisième arrondissement ainsi qu'avec l'église Saint-André, ce qui faciliterait l'octroi des permis d'inhumer et assurerait une rapide recherche d'état civil. Enfin, le projet de construction du pont de l'université, reliant la faculté à la presqu'île et donc au centre de Lyon, rendrait la nouvelle morgue facilement accessible. Il s'agit en effet de permettre à tout un chacun – sauf les mineurs – de venir identifier les corps, la morgue municipale étant le réceptacle de tous les cadavres non identifiés de la ville.

C'est donc là que le haut du corps de la victime de l'île Barbe – les jambes restent longtemps introuvables – aboutit le 11 janvier 1881. Après quelques jours, Lacassagne fait placarder deux photographies de la dépouille en face de la salle d'exposition, le corps étant finalement transféré vers la faculté de médecine. « Un public aussi nombreux qu'aux premiers jours n'a cessé de venir », s'étonne le reporter du *Progrès*, témoin de la fascination morbide des visiteurs. Officiellement désigné par le juge d'instruction, Henry Coutagne décide néanmoins de pratiquer la levée de corps aux côtés de Lacassagne. En dépit de l'ordonnance ministérielle de 1867, Coutagne – chef des travaux de médecine légale – et Lacassagne font en effet le choix de la collégialité, voulant réduire par ce biais le risque d'erreur. Ancien chef de clinique interne de l'école préparatoire de médecine, Coutagne était devenu en 1877 l'assistant d'Émile Gromier, le prédécesseur de Lacassagne pour la chaire de médecine légale et de toxicologie. Avec la mort de Gromier le 8 septembre 1878 puis celle d'Élisée Français quelques semaines plus tard, soit les deux médecins au rapport de Lyon, Coutagne était devenu le principal expert des scènes criminelles, le docteur Étienne Clément assurant exceptionnellement le cours de médecine légale. La carrière de ce jeune trentenaire avait alors pris son envol : en 1879, Coutagne intégrait le comité de rédaction du Lyon médical, un an après il s'attelait à la traduction annotée du *Traité de médecine légale* du célèbre toxicologue anglais Alfred Swaine Taylor. Avec l'arrivée de Lacassagne en terre lyonnaise quelques semaines plus tard, ce sont désormais deux scientifiques pleins d'ambition qui se retrouvent confrontés au mystère de l'île Barbe.

UNE INVENTIVITÉ FOISONNANTE

Qu'il s'agisse du service de Sûreté ou du laboratoire de médecine légale, le récent turnover opéré chez les différents acteurs placés à leur tête explique pour partie les remarquables exemples d'inventivité auxquels assistent les reporters en 1881. Les prises de vue du cadavre, réalisées par le photographe Alphonse Bernoud, suivant les indications de Lacassagne, s'avèrent extrêmement rares pour l'époque. Dès 1869, Maxime Vernois – l'un des fondateurs de la Société de médecine légale deux ans plus tôt – appelait ses confrères à exploiter cette nouvelle technologie. Peu d'entre eux se hasardaient pourtant à s'en servir dans leur pratique médico-légale.

Gabriel Tourdes signalait son faible usage dans son article « Rapports » du réputé *Dictionnaire encyclopédique des sciences médicales* d'Amédée Dechambre, publié en 1874. Formé par Tourdes lors de son passage à l'École de santé militaire de Strasbourg, Lacassagne ne pouvait qu'être ardemment convaincu de l'intérêt de cette technique. Directeur d'un atelier de photographie installé rue des Archers, à deux pas de la place Bellecour, Bernoud devenait ainsi l'interlocuteur privilégié des autorités judiciaires lyonnaises. Au même moment, d'autres photographes se montraient précurseurs dans le domaine judiciaire, tel le parisien Ernest Appert. En juillet 1870, il réalisait ainsi les portraits des membres de l'Internationale ouvrière jugés devant la haute cour de justice de Blois. Il poursuivait son engagement aux côtés de la justice lors de la Commune de Paris, photographiant par exemple les quarante-neuf prisonniers de la Roquette finalement exécutés le 26 mai 1871. Le peintre et communard Gustave Courbet n'avait-il pas lui-même été arrêté pour la destruction de la colonne Vendôme après avoir été reconnu sur le cliché d'un autre photographe, Bruno Braquehais ?

D'autres méthodes innovantes sont exploitées à l'occasion de l'affaire de l'île Barbe, comme l'expertise chimique des tissus ou encore le moulage de la tête de la victime, réalisé à la faculté des sciences – installée dans le palais Saint-Pierre, en face de l'Hôtel de Ville – par le mouleur Gustini. Une fois encore, ces initiatives n'offrent rien de neuf. En janvier 1873, lors du triple meurtre de Monplaisir où un certain Seringer avait assassiné une famille entière à coups de « parteret » (nom donné au couteau de boucher à Lyon), le pharmacien chimiste Étienne Ferrand avait analysé un billet de banque maculé de sang tandis qu'Émile Gromier avait effectué un moulage en plâtre des traces de pas relevées dans la neige. L'originalité de la démarche scientifique, telle qu'elle est mise en œuvre en 1881, réside donc dans la combinaison inédite de toutes ces petites techniques.

Il faut dire que le défi médico-légal est grand, tant les indices corporels restent minces. Après avoir déterminé que la victime avait déjà eu des enfants, fixé son âge à une trentaine d'années, prouvé une mort par suffocation relativement éloignée du dernier repas et enfin estimé l'immersion du corps dans la Saône à une période comprise entre huit et douze jours, les deux médecins au rapport ne peuvent pousser plus loin leur science. Tout au plus, Lacassagne est-il en mesure d'infirmer la thèse policière de la bohémienne Neumélize. Cette dernière, introuvable, avait été la dernière maîtresse du suspect numéro un, à savoir l'acrobate Wliss. Or, du fait de sa légère claudication, une identification était possible, du moins avec l'expertise des membres inférieurs. Ces derniers sont enfin retrouvés au niveau du pont de l'île Barbe au début du mois de mars 1881. Le nouveau rapport médico-légal permet toutefois d'écarter définitivement la piste de la bohémienne en raison de la « symétrie complète entre le côté gauche et le côté droit ».

Si la piste de la claudication achoppe, un autre détail aurait permis de faire avancer l'enquête de façon significative : les mains de l'assassin. En effet, depuis plusieurs semaines, Coutagne mène des recherches sur les ongles et leurs blessures. En s'appuyant notamment sur le *Handy book of forensic medicine an toxicology* des Anglais Woodman et Tidy, il espère démontrer l'intérêt des ongles en matière criminelle. Nul doute que la traduction du traité de médecine légale de Taylor – le père de la médecine légale anglaise –, conduite parallèlement, l'inspire dans cette entreprise. Avec le vol commis dans la nuit du 29 octobre 1880 à Oullins au sud de Lyon, soit juste avant le meurtre de l'île Barbe, il se voit enfin offrir l'occasion de prouver l'intérêt de sa découverte. La trace de sang retrouvée par le commissaire d'Oullins laisse à penser que l'un des malfaiteurs se serait blessé à la main en introduisant un objet entre l'huis et le montant gauche de la porte. Le 28 décembre, le juge Vial – celui-là même qui instruira le crime de l'île Barbe – convoque Coutagne au palais de justice pour expertiser les trois suspects. Or, l'un d'eux présente une lésion suspecte sur un ongle : une bande colorée d'un blanc légèrement jaunâtre. L'homme prétend d'abord s'être blessé avec une pierre six mois plus tôt, mais, face au scepticisme de Coutagne qui lui oppose les lois de croissance de l'ongle, il décide de se trancher le bout du doigt une fois revenu à la prison. Malheureusement pour lui, le bord cicatriciel servant de point de repère pour Coutagne reste visible. « Nos trois mensurations suffisent pour montrer que les ongles de D… ne présentent aucune anomalie dans leur croissance et pour nous autoriser à détruire complètement, même du point de vue chronologique, le système de défense de l'inculpé », conclut le chef des travaux de médecine légale. Cette découverte scientifique, bien que parvenue au stade de la maturité, ne peut toutefois être mobilisée quelques jours plus tard avec l'interpellation de Wliss par la police, ses ongles étant complètement intacts.

Il se trouve en effet que les forces de l'ordre ne sont pas si dépassées que leur immobilisme apparent le laisserait penser. L'arrestation du principal suspect de l'affaire résulte bel et bien de la qualité de leur système d'archives. Le 20 janvier 1881, le *Progrès* relate ainsi les dessous de la capture : « En feuilletant les fiches qui arrivent chaque matin au commissariat spécial [de la Sûreté], fiches indiquant les noms, prénoms et domiciles de tous ceux qui ont passé la nuit précédente dans les logements et hôtels garnis de la ville, le secrétaire du commissaire de police du quartier de Pierre-Scize [situé juste au sud de l'île Barbe] remarqua le nom de Wliss. » Ici, une brève explication s'impose. Chaque voyageur se présentant dans un hôtel doit alors remplir un registre sur lequel il indique son identité. Les agents des commissariats de quartier effectuent un relevé quotidien du contenu des registres, l'adressant ensuite à la Sûreté. En effet, depuis 1874, cette dernière gère directement le service de la population dite « flottante », c'est-à-dire temporaire, ce qui facilite grandement la recherche des suspects dans l'agglomération. En outre, les policiers font preuve de la même créativité que les médecins légistes.

En septembre 1879, le commissaire de Perrache propose une stratégie particulière face au « vol à l'américaine » (un soi-disant Américain demande à un passant de faire du change, lorsque ce dernier sort les billets un complice s'en empare). Il s'agirait « de faire promener quelques agents vêtus en paysans aux abords des bureaux de placement, de la banque du Crédit lyonnais et autres établissements financiers et de la gare, avec des portefeuilles apparents dans leurs poches, ils ne tarderaient pas à être accostés par des filous ».

Quelques semaines plus tard, avec l'affaire de l'île Barbe, c'est désormais la Sûreté qui fait montre d'une certaine imagination. Au mois de mars 1881, Morin imagine ainsi se servir du chien de Wliss. Des témoins ayant aperçu le suspect promener son animal dans la commune de Saint-Rambert peu après la disparition de la victime, le chef de la Sûreté pense pouvoir retrouver le lieu exact du crime en suivant l'animal. *Le Salut Public* décrit cette tentative, finalement infructueuse, dans son édition du 14 mars : « On conduisit donc le chien de Saint-Rambert à Collonges, et de Collonges à Saint-Cyr… Cette longue promenade de la police, consignant tous les mouvements insolites d'un chien flairant les murs et se permettant toutes les libertés d'un animal de son espèce, nous paraît quelque peu bouffonne. Elle nous rappelle plutôt une scène de vaudeville qu'une enquête judiciaire. » Si divertissante que soit l'expérience de Morin, elle annonce à bien des égards l'usage que les polices occidentales feront des chiens à partir du début du xxe siècle. La ville belge de Gand est la première à adopter ce mode de contrôle policier en 1902.

À partir de l'épicentre flamand, la mode se répand d'abord dans l'Europe germanique avec Munich en 1903 puis Vienne trois ans plus tard. En avril 1907, l'organisation du premier concours international des chiens de police au vélodrome Buffalo à Paris permet d'élargir considérablement le succès des brigades canines, un championnat du monde des chiens de défense étant même organisé un an après au Vélodrome d'Hiver. Le concours d'avril 1907 ainsi qu'un rapport enthousiaste du conseiller municipal de Paris Émile Massard emportent finalement l'adhésion du préfet de police Lépine, ce dernier décidant d'acheter de chiens de race belge et de faire construire des chenils. Ces premiers chiens parisiens seront notamment utilisés en 1911 pour effectuer des rondes nocturnes au Louvre, juste après que la Joconde a été subtilisée. Lyon ne reste pas en retrait du mouvement. Au mois de mai 1907, son tout jeune maire Édouard Herriot s'émeut d'apprendre que la police se prête à des expériences nocturnes de chiens policiers au parc de la Tête d'Or, près de la pirogue jouxtant le lac.

aille 1m	Oreille dr. Tête. Long.r	Pied g.	Coul.r de l'iris g. N.o de cl.	Agé de
oûte	Larg.r	Médius g.	Aur.le	né le
nverg 1m	Long.r	Auric.re g.	Pér.ie	à
uste 0,	Larg.r	Coudée g.	Part.es	dép.t
				âge app.t

(Réduction photographique 1/7.)

par Alphonse Bertillon à Paris, le 9 Mai 1891

Front. Inclin.n	Nez. Racine (cavité)	Oreille droite. Bord. o. s. p. f.	Barbe Colo.r pig.t
Haut.r	Dos Base	Lob. c. a. m. d.	Cheveux sang.n
Larg.r	Haut.r Saillie. Larg.r	A. trg. i. p. r. d.	Car. Ceint.
Part.es	1 1	Pli. f. s. h. E.	*Autres traits caractéristiques :*
	Part.es	Part.	Sig.t dressé par M.

UN MYSTÈRE QUI RESTE ENTIER

Imputer l'échec de l'affaire de l'île Barbe à l'incompétence de ses acteurs serait donc leur faire un bien mauvais procès. Après cent cinquante-trois jours de prévention, l'acrobate Wliss est relâché faute de preuves et le dossier définitivement classé. De même que l'emballement médiatique avait été immédiat, l'oubli intervient rapidement. « Peu de nos lecteurs ont encore présente à la mémoire l'affaire mystérieuse de la femme coupée en morceaux, retrouvée à l'île Barbe », signale *Le Nouveau Lyon* dans son édition du 12 décembre 1894. Il faut dire que l'agitation politique est alors tout autre, le président de la République Sadi Carnot ayant été assassiné en pleine rue, à Lyon, six mois plus tôt.

Les grands protagonistes de l'enquête connaissent des fortunes bien diverses. Jacob quitte ses fonctions avant le terme des investigations. Au début du mois de mars 1881, le commissaire près la préfecture est en effet chargé de démêler le vrai du faux dans les accusations d'abus sexuels pesant sur le sous-inspecteur de la Sûreté. L'audition de ses collègues ou anciens collègues de travail s'avère édifiante : une dizaine d'affaires lors desquelles Jacob aurait reproduit le même *modus operandi* sont recensées. En remontant le fil de l'enquête jusqu'à Marseille, où le policier de la Sûreté avait vécu plusieurs années, le commissaire de la préfecture fait une découverte encore plus déstabilisante : Jacob aurait été un souteneur, animant un petit réseau de prostitution. Le secrétaire général pour la police de Lyon n'hésite donc pas une seule seconde et prononce la révocation immédiate de ce fonctionnaire au passé trouble. Les regards se tournent alors naturellement en direction de Morin, le grand protecteur de Jacob, et, qui plus est, un ancien commissaire de police marseillais. Avec le témoignage de la nommée Fanie Maurice, le masque de probité affiché par le chef de la Sûreté depuis le début de l'enquête interne se fissure. Morin se serait présenté à elle le lendemain de la visite de son protégé, la renversant sur le lit pour ensuite « assouvi[r] sa passion sur moi sans plus de précaution et de prévenance que son agent Jacob. J'ai bien résisté, mais cela ne l'a pas arrêté et il n'a pas prononcé une seule parole, excepté en s'en allant qu'il m'a dit de ne rien dire à mon mari. Il a opéré avec surprise et de la même façon que l'agent Jacob, à tel point que je serais tentée de croire qu'ils s'étaient donné le mot ». Démettre un simple sous-inspecteur au motif d'actes criminels réitérés, rien de plus logique et facile, mais le problème se pose en des termes autrement plus complexes pour Morin. D'une part, il ne s'agit que d'un seul écart de conduite, du moins aux dires d'une fille réputée être de petite vertu. D'autre part, accuser ouvertement le chef de la Sûreté reviendrait à jeter l'opprobre sur tout un service. Le bénéfice du doute est donc retenu et Morin reste en poste. Certain des qualités du chef de la Sûreté, ou du moins aveuglé par ses exploits passés, le secrétaire général pour la police découvre avec stupeur la nature ambiguë des relations de Morin avec les bas-fonds lyonnais en 1887. Ramondenc, successeur de Morin après le départ de celui-ci pour le commissariat central de Bordeaux en février 1886, reçoit en effet le courrier d'un maître-chanteur menaçant de dénoncer ses penchants pédérastes aux journaux parisiens *La Lanterne* et *L'Intransigeant*. L'enquête qui s'ensuit révèle que Morin protégeait plusieurs délinquants de l'agglomération lorsqu'il dirigeait la Sûreté, ce qui expliquerait sa demande précipitée de mutation pour Bordeaux ainsi que le mystérieux courrier de menace. Même si l'affaire est passée sous silence, les investigations étant désormais entre les mains des autorités bordelaises, tout ceci n'arrange guère la terne réputation de la Sûreté. À partir de décembre

1887, *Le Petit Lyonnais* lance même un roman-feuilleton des plus caustiques à l'égard de celle-ci : Le Crime de Bellecour. « Monsieur Massé », policier parisien retraité, est engagé par l'amie de l'accusé pour rétablir la vérité et ainsi éviter une erreur judiciaire : « Vous avez sans doute entendu parler d'une affaire criminelle qui passionne, en ce moment, toute la ville de Lyon ? Le Crime de Bellecour, parfaitement, mademoiselle. Je lis, par ici par là quelques journaux, assez pour constater que le service de la Sûreté est quelque peu rudimentaire dans le département du Rhône. » Le meurtre de l'île Barbe marque donc, pour la police lyonnaise, l'entrée dans une période de turbulences médiatiques.

Il en va tout à fait autrement pour la médecine légale dont le renouveau, amorcé en 1880, ne cesse de prendre de l'ampleur. Toutes les voies médico-légales ayant été explorées lors de l'affaire de l'île Barbe, Lacassagne et Coutagne ressortent finalement grandis de cet épisode judiciaire. Leur complicité se soude un peu plus puisque, quatre ans plus tard, ils fondent avec le pénaliste lyonnais René Garraud la revue des *Archives de l'anthropologie criminelle*. Cette même année, le directeur technique de la morgue est d'ailleurs fait chevalier de la Légion d'honneur. Ardent défenseur du dialogue entre médecine et justice, il convainc même Coutagne de venir en 1887 à la faculté de droit pour dispenser une série de huit conférences consacrées à la folie au point de vue judiciaire et administratif. En

1889, Lacassagne réussit la plus célèbre levée de corps de sa carrière, celle qui le fait connaître dans toute la France : celle de l'affaire Gouffé. Une malle contenant le corps d'un homme inconnu est alors découverte à Millery, une petite commune rurale du sud de Lyon. En dépit d'une première autopsie ratée et d'une décomposition avancée (trois mois), il parvient à identifier l'huissier parisien Gouffé, disparu depuis le mois de juillet. Un an plus tard, Coutagne reçoit lui aussi une forme de consécration avec la présidence de la Société des sciences médicales. Si l'échec relatif des médecins légistes lyonnais lors de l'affaire de l'île Barbe laisse des stigmates, il faut bien reconnaître que ceux-ci restent invisibles. Faut-il y voir l'origine de l'obsession lacassagnienne pour le dépeçage ? En 1888, le titulaire de la chaire de médecine légale intervient sur le sujet devant la Société d'anthropologie de Lyon, une société savante qu'il avait contribué à fonder sept ans plus tôt. Même si le propos embrasse une quarantaine de cas, le lecteur suspicieux pourrait percevoir entre les lignes le besoin pour Lacassagne de revenir sur l'échec de 1881. Le compagnon de Coutagne affirme d'emblée qu'il existerait une « mode » du dépeçage et qu'elle viendrait du phénomène d'imitation : « La diffusion de la presse, transmettant de tous les côtés, avec une précision et une minutie sans pareilles les romans judiciaires, les faits ou les paroles de grands criminels, expose ainsi aux esprits faibles et indécis, hésitants, à la recherche des moyens pour perpétrer un crime, la méthode qui a le mieux réussi. » Or, le tableau synoptique présenté au terme de la communication révèle que l'affaire de l'île Barbe serait le premier cas avéré de dépeçage à Lyon. Le meurtrier impuni de 1881 aurait donc, malgré lui, lancé une mode. Lacassagne a la dent particulièrement dure contre les journalistes qui favorisent le phénomène de reproduction. La lecture de cette conférence de 1888 à travers le prisme des événements de 1881 semble d'autant plus fondée que Lacassagne sera, beaucoup plus tard, de nouveau confronté à ce mode de destruction des preuves. Une fois encore, ce sera l'un des rares échecs de sa brillante carrière.

Photographie

GENRE CAMÉE

IMITATION ÉMAIL

ON OPÈRE par tous les temps

PORTRAITS après décès

MAISONS À NAPLES, FLORENCE & LIVOURNE

ALPHONSE BERNOUD

MÉDAILLÉ ET BREVETÉ S.G.D.G.

PHOTOGRAPHE DE S.M. LE ROI D'ITALIE

et de S.A.R. le Prince de Carignan

Rue des Archers 8

ANGLE DE LA RUE ST DOMINIQUE

LYON

ANC EN 2

PRES LE THEATRE DES CÉLESTINS

ET RUE GASPARIN, 12

NOTA LES CLICHES ETANT CONSERVES ON PEUT TOUJOURS AVOIR DE NOUVELLES EPREUVES DE CE PORTRAIT SANS FAIRE UNE NOUVELLE POSE ON PEUT ÉGALEMENT L'AGRANDIR OU LE DIMINUER

Photographies "post mortem" de l'affaire de l'île Barbe par Monsieur Bernoud

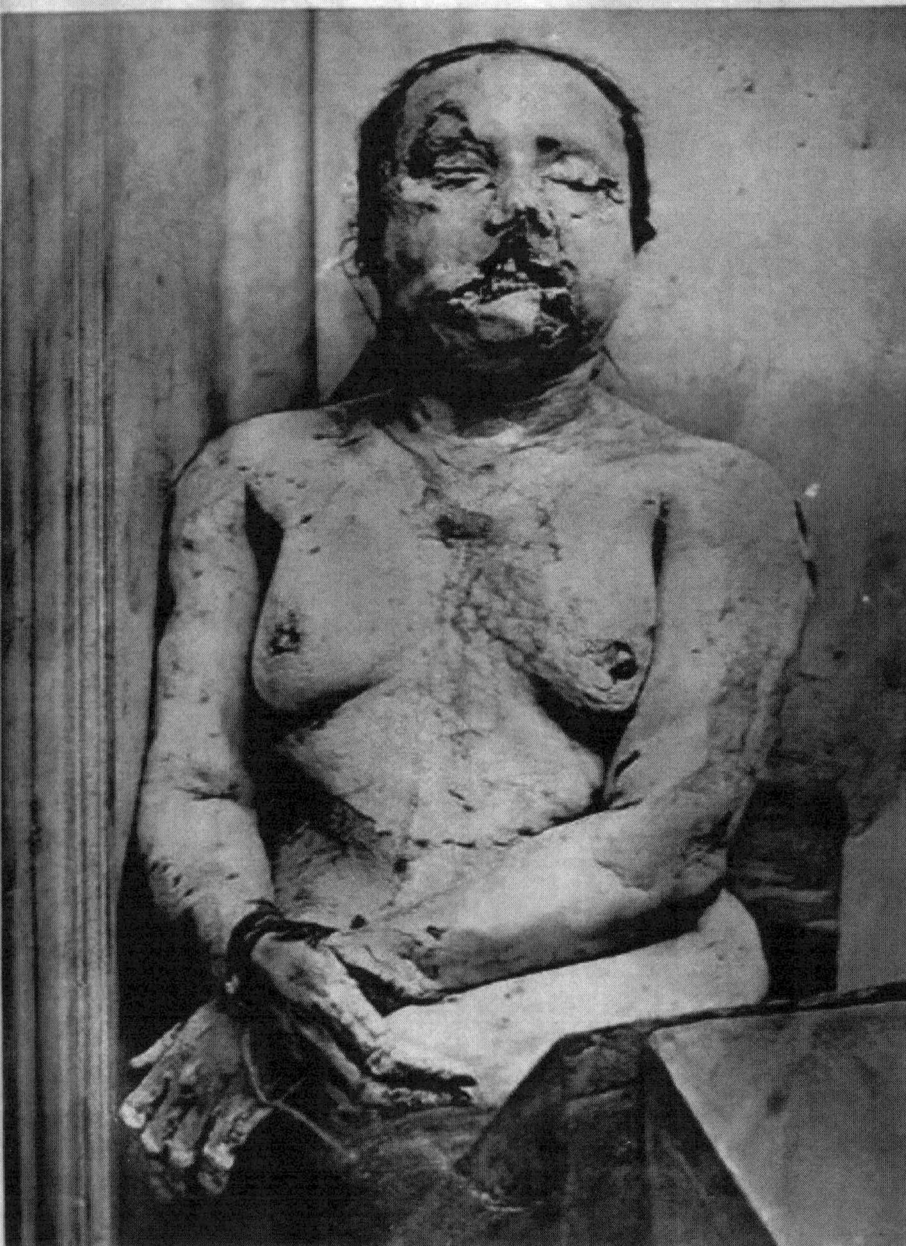

Affaire de l'île Barbe - Lyon 1881

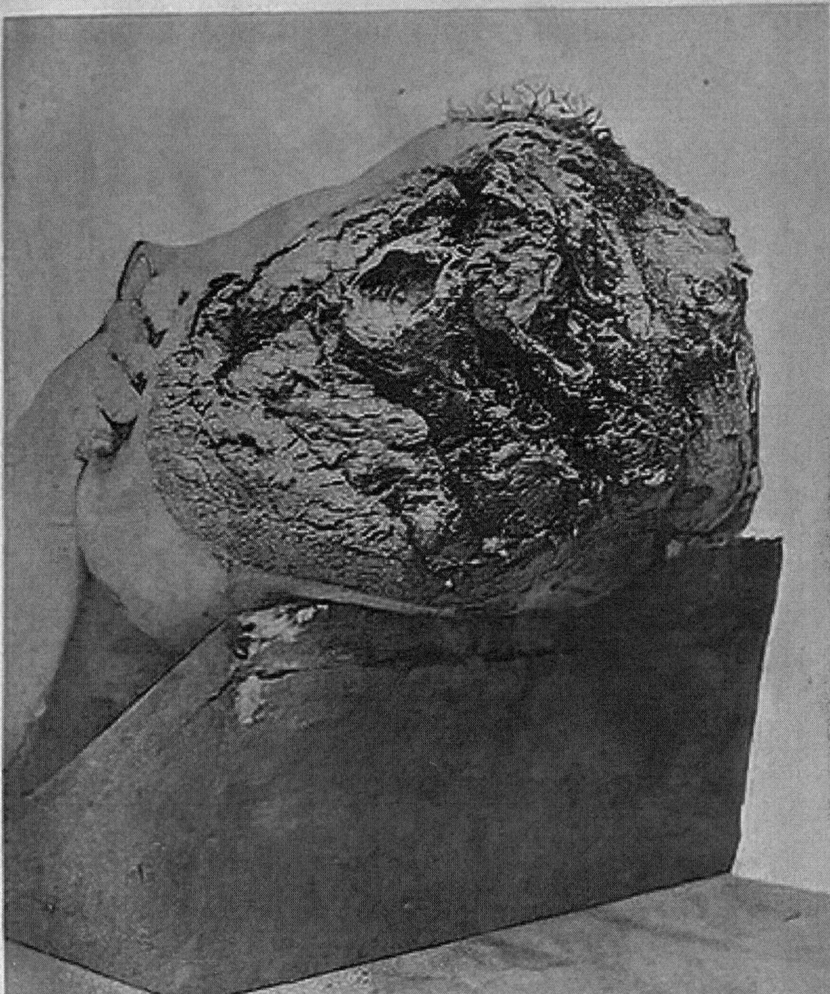

Affaire de l'île Barbe - Désarticulation de la cuisse droite

Remerciements

Stanislas Petrosky

C'est toujours une grande joie, un nouveau défi de faire vivre un nouveau personnage, mais en plus lui faire côtoyer le professeur Alexandre Lacassagne, là, c'est le summum. Deux de mes passions, la littérature et la médecine légale se rencontrent.

Alors je remercie du fond du cœur Michel Guenanten. Où que tu sois, mon pote, j'espère que tu vois ça, c'est ce que tu voulais, que l'AFITT édite ce genre de roman, et c'est grâce à toi et notre ami Nicolas Delestre.

Merci à Amos Frappa pour tous les renseignements qu'il a su me donner au fil de l'écriture et pour son magnifique *Face au crime*…

Merci à Michel Montheillet qui a su si bien illustrer l'ambiance de ce roman.

Merci au docteur Bernard Marc pour cette préface qui me met en joie !

Merci à Espaces comprises qui a épuré ce texte de toutes ses scories…

Et enfin, merci à toutes celles et ceux qui me lisent et aux libraires et chroniqueurs qui me font confiance depuis quelques années.

C'est un honneur pour moi d'écrire sur le grand Alexandre Lacassagne, tout ce qui a trait à l'affaire en elle-même est véridique, issu de rapport, de procès-verbaux, d'articles de presse, etc. Bien sûr, Ange-Clément est le fruit de mon imagination. Lors de mes recherches, je suis tombé sur les dossiers des sieurs Morin et Jacob, policiers corrompus jusqu'à la moelle. Ils ont croisé la route du grand médecin, en revanche, Jacob fut révoqué en mars 1881. Cependant, j'ai décidé de le conserver au fil des romans, lui et son supérieur, je ne pouvais pas passer à travers de tels personnages. J'espère que vous ne me tiendrez pas rigueur de cette distorsion temporelle.

Michel Montheillet

Je dédie ce livre à la mémoire de Stéphane Pommier.

Merci à Stanislas et à Nicolas pour leur énergie et leur confiance.

Merci tout particulier à Anne-Marie Delattre, responsable médiation et accès aux documents des Archives Municipales de Lyon. Merci à Sonia Dollinger pour son aide.

Un grand merci à Fanny Hurtrel pour les fichiers.

Merci à Ludivine Stock pour son immense travail dans *Les Rues de Lyon n°8 : La Morgue Flottante*.

Et un immense merci à Hélène Byk qui me rend bien meilleur que je ne suis sous ses mots.

Sources : Gravures de Reignault, Photos du *Progrès*, Documents des Archives Municipales de Lyon.

Bibliographie

- *L'Amante d'Étretat* - Atelier Mosésu - 2016
- *Je m'appelle Requiem et je t'...* - Éditions Lajouanie - 2016
- *Bloody Glove* (Scénario) - Atelier Mosésu - 2016
- *Dieu pardonne, lui pas !* - Éditions Lajouanie - 2017
- *Le Tanneur* (co-écrit avec Jérémy Bouquin) - Atelier Mosésu - 2017 (sous le pseudonyme de Borya Zavod)
- *Le diable s'habille en licorne* - Éditions Lajouanie - 2018
- *Un Havre de paix* - French Pulp éditions - 2018
- *Requiem pour un fou* - French Pulp éditions - 2018
- *Ils étaient vingt et cent* - French Pulp éditions - 2019
- *Sign of love #3 Cancer* - French Pulp éditions - 2019 (sous le pseudonyme d'Anna Wyle)
- *Opération Requiem* - French Pulp éditions - 2019
- *Sign of love #4 Lion* - French Pulp éditions - 2019 (sous le pseudonyme d'Anna Wyle)
- *Un Havre de paix,* suivi de *Wattrelos, morgue pleine,* - AFITT éditions - 2020

- *Sex 2.0*, sous le pseudonyme de Sullivan de Rabastens - Libertine éditions - 2021
- *Koala* (coécrit avec Jérémy Bouquin) - Évidence - 2021 (sous le pseudonyme de Borya Zavod)
- *Pinky* (coécrit avec Jérémy Bouquin) - Évidence - 2021 (sous le pseudonyme de Borya Zavod)
- *Porn is Born (une aventure de Stella Finck)* - Eaux Troubles - 2022
- *Petit manuel de balistique lésionnelle* - AFITT éditions - 2022
- *Petit manuel d'hygiène funéraire*, coécrit avec Dominique Lepape - AFITT éditions - 2022
- *Sur des Breizh ardentes* - Eaux Troubles - 2022
- *L'affaire de l'île Barbe*, les carnets secrets de Lacassagne - AFITT éditions - 2022

Biographies

Stanislas Petrosky

C'est après une première vie de thanatopracteur que Stanislas Petrosky rentre en écriture. Après quelques nouvelles, il se lance dans l'écriture d'une romance noire sur la dépression *L'Amante d'Étretat*. Aujourd'hui, avec son personnage de Requiem, prêtre exorciste déjanté, il s'inscrit dans la lignée des grands auteurs du noir burlesque avec un style mêlant humour et polar. Il écrit aussi des romans beaucoup plus sérieux comme *Ils étaient vingt et cent*…

Schizophrène, le bruit court qu'il signerait d'autres ouvrages sous divers pseudonymes…

Michel Montheillet

Michel Montheillet est né dans la ville de l'andouillette, du tablier de sapeur et de la cervelle de canut à la fin des années soixante. Il ne revendique aucune connivence avec ces spécialités culinaires typiques et étranges, et rejette en bloc l'amalgame qu'on aurait vite fait de sous-entendre quant à son goût précoce pour le gribouillage d'esquisses dans les marges de ses cahiers.

Michel, c'est le copain toujours gentil, qui consolait ses petits camarades de classe punis en leur dessinant des animaux. Arrivé vers dix ans à Bourg-en-Bresse, il vivra tout d'abord ce déménagement comme une punition, avant de se faire une bande de potes inaltérable et inaltérée pour obtenir un bac A3 option Art (avec toutes les réformes qu'on a subies depuis 1986, ne cherchez pas, ce bac n'existe plus).

C'est à Angoulême, ville de la bande dessinée par excellence, qu'il obtiendra son diplôme des Beaux-Arts.

Avec son dessin sublime et inimitable, il sera l'illustrateur d'une vingtaine de livres « dont vous êtes le héros » pour la collection « Frouss'Land » chez Hachette Jeunesse, avant de faire de l'illustration publicitaire pour la communication interne de différentes entreprises, dont le groupe Volvo.

Il collabore plusieurs fois avec Maxime Chattam pour l'édition illustrée de *Autre Monde* en 2011 puis en 2012 pour le premier volume de *La trilogie du mal*. L'intégrale, réunissant les trois volumes, sort en 2018 chez Jungle.

En 2020, dans un numéro de *Bermuda*, il livre une œuvre plus personnelle, sur la vie de Boris Pasternak intitulée *La bougie brûlée* (le titre initial du fameux roman du poète du *Docteur Jivago*). Il sortira plusieurs numéros de comics super-héros en hommage à ses idoles de jeunesse Jean-Yves Mitton, et surtout Ciro Tota. Son implication et sa détermination vont permettre à des milliers de nostalgiques de retrouver les œuvres de ces géants du comics. Il vient d'illustrer la dernière attraction du Futuroscope à Poitiers, toujours sur le thème des super-héros, où ses dessins se font la part belle dans l'attraction filmée elle-même, complétés par des fresques extérieures.

C'est sa première collaboration avec AFITT.

AFITT éditions
Conception graphique : SKD.digital
Imprimé en Bretagne
Achevé d'imprimer en juillet 2022
Dépôt légal juillet 2022
ISBN 9782379650048